앞으로도 살아갈 당신에게

일러두기

- 이 책의 나이 표기는 원문, 즉 일본식에 따랐습니다.

105세 현역 의사가 꼭 남기고 싶었던 말

앞으로도 살아갈 당신에게

히노하라 시게아키 지음 · **홍성민** 옮김

서울문화사

추천의 글

음악으로 평화의 메시지를 전파한 히노하라 선생님을 기억하며

– 테너 배재철

수년 전 히노하라 시게아키 선생님의 103세 생일날, 저는 그날을 기념하기 위해 작은 음악회에 섰습니다. 그때 처음 만난 선생님은 제게 당신이 이제껏 살아오면서 가장 감동적인 노래를 듣게 되었다고 말씀하셨습니다. 그 말씀은 이후 제가 무엇을 위해 노래해야 하는지 다시금 깨닫게 하는 값진 촉매가 되었습니다.

히노하라 선생님은 작은 것도 쉽게 보지 않고 생각하고 또 생각하면서 오랜 시간 직접 겪어온 삶의 공부를 통해, 어떻게 하면 다른 사람들과 조화를 이루며 자신을 만들어가는지를 아시는 분이었습니다. 저는 그런 선생님을 보며 다른 사람과 함께 걷는 인생의 길에서 얻는 행복과 감사함을 알게 되었습니다.

선생님은 늘 이 세상의 평화를 기원하셨습니다. 그리고 저는 지금 많은 사람들 앞에서 선생님께서 직접 작사·작곡하신 〈사랑의 노래〉를 부르고 있습니다. 이런 선생님의 평화의 메시지가 저의 노래를 타고 온 세계에 퍼져 나가기를 바랍니다. 저의 노래로 이 세상이 서로 사랑하게 되기를 축원합니다. 하나님의 뜻이 이 땅에 이루어지기를 기도하면서 말입니다.

차례

추천의 글

프롤로그

1장 죽음은 삶의 마지막이 아니다

- 105세가 되신 히노하라 선생님, 죽음이 무섭지 않나요?
- 지금껏 많은 사람의 죽음을 지켜본 선생님에게 죽음이란 무엇인가요?
- 나이 들면 병이 들고, 쇠약해지고 좋은 것만은 아닌데……선생님은 그래도 105세까지 장수해 행복하신가요?
- 선생님은 생명의 소중함을 알리는 활동을 계속하셨는데 생명이란 무엇인가요?
- 남의 시선이 신경 쓰입니다. 자연스럽게 자기답게 사는 비결은 무엇인가요?
- 사랑하는 사람이 중병을 앓고 있습니다. 뭐라 말해야 할지 모르는 자신에게 무력함을 느낍니다
- 연명치료에 대해 어떻게 생각하세요?

2장 사랑한다는 것

- 사랑하는 것과 사랑받는 것, 선생님은 어느 쪽을 중시하세요?
- 오랜 세월 같이했던 남편과 사별 후 너무 외롭습니다. 얼른 잊는 방법이 없을까요?
- 가족이나 연인처럼 소중한 사람에게 오히려 거칠게 말하고 감정을 솔직히 표현할 수 없습니다
- 이혼 후 같은 아픔을 겪고 싶지 않아서 새로운 만남을 찾지 않게 됩니다
- 핵가족, 자녀를 갖지 않는 부부처럼 가정의 형태가 다양해지고 있는데, 선생님에게 가족이란 무엇인가요?
- 선생님은 많은 사람과 교류해서 친구도 많고 행복하실 것 같아 부럽습니다
- 선생님은 의료를 통해 환자에게 어떻게 사랑을 표현하셨나요?
- 인간은 태어날 때도 죽을 때도 혼자라는데, 인간은 고독한 존재인가요?
- 세계 곳곳에서 싸움이 사라지지 않고 있는데, 세계평화가 실현될 거라고 생각하세요?
- 대체 사랑이란 뭔가요?

3장 용서는 어렵다

- 성서에는 '사람을 용서하고 사랑하라'고 쓰여 있습니다. 기독교 신자인 선생님은 모든 사람을 용서하셨나요?
- 다시 태어난다는 것은 어떤 건가요?
- 괴롭힘을 멈추게 하는 방법이 있나요?
- 제게 심하게 대하는 동료가 있습니다. 저를 싫어하는 사람과 어떻게 해야 잘 지낼 수 있을까요?
- 남의 호의를 바라는 것도 싫고 남이 나의 호의를 기대하는 것도 싫습니다. 선생님은 누군가의 호의에 기댄 적이 있나요?
- 젊은 사람과는 대화가 안 됩니다. 그들과 어떻게 지내야 하나요?

4장 소중한 것은 쉽게 알 수 없다

- 갑작스런 재해로 가족을 잃었습니다. 이 슬픔을 극복할 수 있을까요?
- 지금까지 인생에서 가장 슬펐던 일은 무엇인가요?
- 옛날부터 운이 나빴습니다. 마음먹기에 따라서 운을 좋게 할 수 있을까요?
- 선생님은 기적의 연속 같은 인생을 사셨습니다. 기적은 특별한 사람에게만 일어나는 건가요?
- 선생님은 일본 의료계 개혁을 위해 노력했는데, 주위 의사들의

반대는 없었나요?
- 자녀를 히노하라 선생님 같은 사람으로 키우려면 어떻게 해야 하나요?

5장 미지의 자신을 만나다

- 어떻게 하면 선생님처럼 나이 들어도 젊고 건강하게 살 수 있나요?
- 인공지능을 비롯해 의료계에도 기계화의 물결이 일고 있습니다. 우려하는 목소리도 있는데 선생님은 어떻게 생각하세요?
- 최근에는 감동할 일이 적어졌습니다. 나이를 먹은 탓일까요?
- 사람과 쉽게 마음을 터놓지 못해 항상 외로움을 느낍니다
- 선생님처럼 훌륭한 사람이 되고 싶습니다. 선생님이 생각하는 '훌륭한 사람'은 어떤 사람인가요?
- 선생님처럼 평생 현역으로 일하고 싶습니다. 어떻게 해야 나이에 상관없이 일을 계속할 수 있을까요?
- 선생님의 다음 목표는 무엇인가요?

마치는 글
히노아라 시게아키 본인 후기를 대신해서
'앞으로도 살아갈 당신에게'

프롤로그

말을 지팡이 삼아

나는 여태껏 많은 책을 썼다.

많은 사람들 앞에서 강연도 했다.

책을 쓰고 강연을 할 때는 최대한 많은 사람에게 전달되도록 신경 써서 말했다.

그런데 지금 가장 하고 싶은 것은 대화다.

나를 찾아와준 한 사람에게 말을 남기고 싶다.

내게 남겨진 시간, 주어진 체력을 생각할수록 그런 마음이 커진다.

그래서 이 책은 여러분 한 사람 한 사람, 나와 당신의 대화다.

105년이라는 인생을 살면서 언제나 내게 힘이 되어준 것이 '말'이었다.

요한복음에 '태초에 말씀이 있었고, 그 말씀이 하나님과 함께 있었다. 그 말씀은 곧 하나님이시다'라고 쓰여 있다.

내게 성서의 말씀이 힘이 되었듯이 길을 잃고 상처 입은 당신의 마음에 나의 말이 전해지기를 바란다.

지금, 나는 거실 창으로 비쳐 드는 밝고 따스한 햇살을 받은 채 긴 생애를 같이 걸어준 한 사람 한 사람에게 진심으로 감사하면서 말을 지팡이 삼아 터벅터벅 걷는 심경이다.

1장

죽음은
삶의 마지막이
아니다

한 알의 밀이

땅에 떨어져 죽지 아니하면

한 알 그대로 있고,

죽으면 많은 열매를 맺느니라.

요한복음 12장 24절

105세가 되신 히노하라 선생님, 죽음이 무섭지 않나요?

무섭다……. 당신이 그렇게 물어보는 것만으로도 무섭다…….

그리 멀지 않은 장래에 자신이 죽을 거라는 사실이 두렵다. 그런 질문을 받는 것만으로도 떨린다. 나는 의사라서 내 몸이 병으로 약해졌고 그때가 가까워지고 있다는 현실도 잘 안다.

그렇기 때문에 아침에 눈을 떴을 때 살아있다는 것이 진심으로 기쁘다. 살아있으니까 새로운 하루를 시작할 수 있다. 다양한 만남이 있다. 105세가 되었어도 아직 미처 모르는 자신이 많아서 그런 미지의 자신을 만날 수 있다는 것이 가슴 설렌다.

그런 반면에 '죽음'이라는 사실만 끄집어내서 자신의 마음을 들여다보면 외면하고 싶을 만큼 두려움이 앞선다. 죽음은 인간에게, 그리고 나에게 있어 경험하지 않은 '미지'의 부분이라서 겁이 난다. 자신이 경험한 적 없는 것에 대해서는 확신을 가질 수 없기 때문에 두려운 것이리라.

만약 당신이 나처럼 죽음을 무서워한다면 그것은 지극히 자연스러운 감정이다. 죽음 앞에서 이성을 잃고 허둥거리는 것은 부끄러운 일이 아니다.

예수도 십자가형에 처해지기 전, 겟세마네 동산에서 죽음의 잔을 치워달라고 하나님께 기도한다. 그 이야기를 떠올리면 나의 두려움이 어느 정도 위로받는 느낌이다.

단, '죽는 것이 싫어서 태어나지 않는 사람'은 없듯이 인간은 태어난 순간부터 죽는 것이 정해져 있다.

삶과 죽음은 따로 떼어낼 수 없이 이어져 있는 것, 아니 하나의 것이다.

우리는 죽음으로부터 도망칠 수도 없고 도망치지 않아도 된다. 죽음만 응시하거나 또 죽음에 대해 눈을 돌리지 말고 그저 지금 살아있는 자신의 삶을 반짝반짝 빛나게 만들자. 그것이 죽음과 하나 된 삶을 사는 것이다.

내게 남겨진 이 귀한 시간이 헛되지 않도록, 주어진 사명을 다할 수 있도록 매일 기도하며 지낸다.

지금껏 많은 사람의 죽음을 지켜본 선생님에게 죽음이란 무엇인가요?

그것은 '새로운 시작'이 아닐까.

사람들은 죽음을 마치 도마뱀의 꼬리가 끊어지는 것처럼 완전히 끝나는 것이라고 생각하는데, 많은 이들의 죽음을 보면서 끝이 아니라 새로운 무언가가 시작된다는 감각을 느꼈다.

'한 알의 밀이 땅에 떨어져 죽지 아니하면 한 알 그대로 있고, 죽으면 많은 열매를 맺느니라.'

성서 가운데 내가 가장 좋아하는 '요한복음'의 한 구절이다.

밀이 죽는다고 하면 왠지 서글플 수도 있다. 그러나 밀이 땅에 떨어지면 다음 해 많은 열매를 맺는다. 즉, 한 알의 밀은 죽어야 하고, 죽음으로써 무수한 밀의 탄생으로 이어진다는 희망을 보여준다.

아내를 비롯해 가까운 사람들이 먼저 세상을 떠났는데, 오히려 살아있을 때보다 그 모습이 내 안에서 더 선명해지는 것을 느낀다.

그리고 그들이 내게 해주었던 말의 의미가 더욱 깊어지는 것을 경험했다.

예를 들어, 아내는 지금도 내 곁에 있는 것만 같은데, 살아있을 때보다 아내를 더 생생하게 실감한다. 죽음으로 꼬리가 뚝 끊어지듯 끝나는 것이 아니라 지금도 여전히 계속되고 있고, 게다가 이전과 다르게 더 선명한 형태……그런 감각이다.

그래서 나도 죽음 자체는 두렵지만 그것으로 삶이 끝난다기보다는 새로운 무언가가 시작될 거라고 예감한다. 많은 사람의 죽음을 경험했고 그리고 그때가 나에게도 확실히 다가오고 있다. 이 나이가 되어서야 알게 된 감각이다.

지금까지는 의사로서 사람들의 병을 치료하는 데에 시간을 보냈는데, 새로운 세계에서는 나의 진짜 일이 시작될 것 같다.

그 진짜 일을 할 때 나의 육신은 이 세상에 없을 것이다. 그래도 한 알의 밀처럼, 죽음을 통해 내가 남긴 말이 풍요로운 열매를 맺기를 바란다.

나이가 들면 병이 들고, 쇠약해지고 좋은 것만은 아닌데……

선생님은 그래도 105세까지 장수해 행복하신가요?

105세라는 나이……. 용케 오늘까지 살아왔다. 신의 축복이다.

지금 105세, 올 가을이면 106세가 되는데 장수를 목표로 살아온 것은 아니다.

물론 나도 병을 앓아서 생각대로 되지 않는 자신과 매일 힘들게 싸우고 있다. 휠체어 생활을 하면서부터 마음대로 할 수 없는 일이 더 늘었다.

그래도 오래 살기를 잘했다. 오래 사는 것은 멋진 일이다. 그도 그럴 것이 100세가 넘어서부터는 내가 진짜 자신을 몰랐다는 생각이 들었다.

세상에서 가장 알 수 없는 것이 자신이란 걸 깨달았다. 이것은 나이를 먹지 않으면 몰랐을 발견이다.

인생의 오후를 어떻게 살까.

선택의 기준, 가치관이 필요해서 자신의 나침반을 가져야 한다.

오후는 오전보다 기니까.

80대 때 쓴 글이다. 나름대로 자신의 나침반을 찾으며 살아왔다고 생각했는데 100세가 넘은 지금은 '지금껏 찾은 것은 일부에 불과하고, 진짜 의미에서 아직 자신을 전혀 이해하지 못했다'고 느낀다. 80대의 내가 귀여울 정도다.

이렇게 말하면 지금까지 살아온 인생을 부정하는 것처럼 들릴 텐데, 그런 의미가 아니라 105세가 된 지금 미지의 자신을 알았다는 깨달음에 가치가 있다는 말이다.

인생의 오후가 긴 것은 행복한 일이다.

세상의 진리는 쉽게 알 수 없다는 걸 실감한다. 시간을 두고 반복해서 생각해야 나중에 조금씩 진짜 의미가 모습을 드러낸다.

인생 100세 시대라는 세상이 되었다고 하니 오래 사는 것이 무섭다는 사람도 많을 것이다. 쉽게 답이 나오지 않는 것에는 가치가 없다는 생각을 가진 사람도 있다. 오래 살면 외롭지 않을까 하는 걱정, 혹은 경제적인 불안도 있을 것이다. 인생 100세 시대는 미지의 세계니까 자신이 모르는 것에 두려움을 갖는 것은 어쩔 수 없다.

단, 오래 산다는 것은 미처 몰랐던 자신을 만나는 시간을 얻는 것이다. 온전히 알 수는 없겠지만 자신의 모습을 차츰 알아가는 기쁨은 나이가 들어야 실감하게 된다.

지금 이렇게 당신과 대화하는 순간에도 '아, 나에게는 이런 점이 있었구나' 하는 깨달음의 연속이니까.

선생님은 생명의 소중함을 알리는 활동을 계속하셨는데 생명이란 무엇인가요?

생명은 눈에는 보이지 않지만 확실히 존재하는 에너지다.

그럼, 그 에너지는 어디에 존재할까.

나는 오랫동안 생명의 소중함을 사람들에게 알리는 일을 해왔다. 그 일을 사명으로 여기고 전국을 돌며 열 살 어린이들에게 '생명수업'이라는 제목으로 강의를 했다.

나는 아이들에게 이렇게 묻는다.

"생명은 어디에 있다고 생각해요?"

그럼 아이들은 심장을 가리키거나 뇌라고 대답한다.

나는 아이들에게, "심장은 신체를 움직이기 위해 작동하는 펌프에 불과해요. 뇌는 여러 가지를 생각해내는 기능을 가진 신체의 일부일 뿐이에요" 그리고 "생명은 여러분이 사용할 수 있는 시간 속에 있어요" 하고 설명한다.

그리고 이렇게 말을 잇는다.

"여러분은 매일 아침밥을 먹고 학교에 와서 공부를 하고 친구와 놀지요. 이건 누구를 위해서일까요? 전부 자신을 위해서예요. 여러분은 어릴 적에는 주어진 시간을 전부 자신을 위해 쓰세요. 그런데 어른이 되면 그 시간을 남을 위해서, 사회를 위해서 써야 해요. 그걸 깨달을 때가 반드시 올 거예요. 그러니까 커서 어른이 되면 여러분의 시간을 가능한 한 주위 사람을 위해 쓰세요.

그리고 지상에서의 시간이 끝날 때 신이 양팔저울을 갖고 기다려요.

살아온 시간 가운데 남을 위해 사용한 시간이 많은지, 자신을 위해 사용한 시간이 많은지를 저울에 달아서 남을 위해 사용한 시간이 많은 사람이 천국에 갈 수 있어요."

이렇게 말하면 아이들은 눈을 반짝거리면서 내 이야기에 귀 기울여준다. 아이들은 어른보다 저항 없이 이해해준다.

성서에 '천국은 어린아이 같은 마음을 가진 사람의 것'이라는 의미의 말이 있다.

생명이란 무얼까.

그것을 정말로 이해하는 것은 어쩌면 어른이 아니라 어린이일지도 모른다.

남의 시선이 신경 쓰입니다. 자연스럽게 자기답게 사는 비결은 무엇인가요?

내가 33세 때 태평양 전쟁이 끝났다. 30대의 나는, 앞으로 어떻게 살아야 할까, 의사로서 어떻게 사람들을 도울까……. 그런 고민을 했다. 그리고 '있는 그대로의 나'로 살아가는 것을 더 의식하게 되었다.

명예, 돈, 지위, 타인의 칭찬, 그런 것들에 얽매이면 있는 그대로의 자신은 보이지 않는다.

있는 그대로 산다는 것은 꾸밈없이, 주위의 평가에 좌우되지 않고, 자신에게 주어진 능력과 환경을 해야 할 일을 위해 사용하는, 어려운 것 같지만 지극히 단순한 활동이다.

말은 이렇게 하지만 우리는 사람과의 관계 속에서 살기 때문에 있는 그대로 산다는 것은 상당히 어려운 일이다. 내가 일해온 의료계도 다분히 권위주의적인 부분이 있어서 늘 '지금의 나는 있는 그대로의 나일까' 고민했다.

있는 그대로 있기 위해서는 한 가지 중요한 것이 있다.

무리하지 않는 '있는 그대로'여야 한다.

있는 그대로로 있을 수 없을 때는, 이렇게 되고 싶다 하는 이상적인 자신이나 이랬으면 좋겠다고 바라는 환경이나 현실 사이에 차이가 생겨서 고민하는 경우가 많지 않을까.

누구나 이렇게 되고 싶다 하는 자신의 모습이 있다. 그 이상이 이루어지지 않을 때는 자신이 싫어지고 자포자기한다. 그러나 누가 받아들여주지 않아도 그대로의 당신을 소중히 하자.

있는 힘을 다해 살고 있는 자신을 받아들이고 그 안에서 최선을 다한다. 그리고 뜻대로 되지 않는 환경도 받아들인다. 세상에는 자신의 노력으로 바꿀 수 있는 것과 아무리 노력해도 바꿀 수 없는 것이 있다. 바꿀 수 없는 현실 속에서 진심을 담아 살았을 때 분명 신이 함께해준다. 그렇게 믿고 내맡기자.

진지하게 사는 것과 무리를 하면서 안간힘을 쓰는 것은 비슷해 보이지만 전혀 다르다.

성서에 이런 말이 있다.

내일 일을 염려하지 마라. 내일 일은 내일 염려할 것이요. 한 날 괴로움은 그날에 족하니라. **〈마태복음〉**

너희 가운데 누가 걱정한다고 목숨을 한 시간인들 더 늘릴 수 있겠느냐? **〈누가복음〉**

세상은 자신이 '이렇게 하고 싶다'고 해서 그대로 되지 않는다.

애당초 지금 이 환경에 당신이 태어난 것도 자신이 원한 것은 아니다.

사람의 눈을 의식하지 않고 당신이 있는 그대로 살아가기 위해서 먼저, 한 걸음 용기 내어 행동해보자.

그리고 지금 주어진 그대로의 당신을 커다란 존재에게 내맡겨보기를 바란다.

사랑하는 사람이 중병을 앓고 있습니다.

뭐라 말해야 할지 모르는 자신에게 무력함을 느낍니다

인간은 신비한 힘을 갖고 있어서 병으로 육체는 약해지지만 그 약함 속에서 일종의 강함이 솟아난다. 나는 그런 환자를 많이 보았다. '힘은 약함 안에서 드러난다'는 성서의 말 그대로였다.

나도 지금 병을 얻었는데, 나 자신의 상태를 마음속으로 관찰하면 마치 병과 씨름을 하는 듯하다.

처음에는 병과 자신의 몸이 소리를 내며 부딪친다. 그리고 씨름판 위에서 샅바를 쥐고 서로 밀고 밀리기를 반복하면서 승부를 가려야 할 적인 상대에게 정 같은 것이 생긴다.

그렇게 하면 자신이 싸웠던 것이 사실은 병 자체가 아니라 병에 의해 표출된 '이렇게 되고 싶은 이상적인 자신'이었음을 알게 된다. 내가 본 많은 환자도 같은 기분이었을 것이다.

건강하게 살아있을 때는 그 고마움을 모른 채 부족한 것을 세면서 불평불만만 하는……그런 적은 없었을까?

확실히 병은 글이나 말로는 다 표현할 수 없을 만큼 고통을 동반하지만, 지금까지 무지했던 자신을 타이르고 감사하는 은총을 가져다준다.

만약 당신이 가장 사랑하는 사람의 투병으로 그 행복을 깨닫는다면 먼저 그 사람에게 감사의 마음을 전해야 한다. 그리고 같이 있는 기쁨, 같이 있을 수 있는 시간에 감사하고, 그 시간을 조금이라도 연장할 수 있도록 기도하면서 곁에서 위로해주자.

자신이 상대의 입장이 되었을 때 듣고 싶은 말은 무얼까. 해주기를 바라는 말과 행동을 그대로 상대에게 해주는 것이다. '네 이웃을 네 몸같이 사랑하라'는 성서 구절이 있다. 이 말의 의미를 나는 의사로서 마음에 새기며 살아왔다.

나도 지금 인생에서 마지막으로 최대의 씨름을 하고 있는 중이다.

이미 몸은 병에서 벗어날 수 없다. 이 씨름을 계속하는 수밖에 없다. 나는 아직 죽음으로 향하는 자신을 완전히 받아들일 수 없다.

105년이라는 인생, 병을 가진 사람을 돕고 싶어서 의사로 살아왔는데 마침내 나는 지금 처음으로 진지하게 자신의 몸과 마주할 기회를 얻었다.

나 역시 이 병을 신의 은총으로 여기지 않을 수 없다.

연명치료에 대해 어떻게 생각하세요?

상당히 어려운 문제다…….

내가 젊었을 때는 생각할 수도 없을 만큼 의학이 발달했고 그 덕분에 예전에는 구할 수 없었던 많은 생명을 구할 수 있게 되었다.

나도 앓은 경험이 있는데, 예전에는 결핵으로 많은 사람이 목숨을 잃었다. 지금은 생각할 수도 없는 일이지만……. 결핵은 하나의 예이고, 의학의 발전으로 예전 같으면 목숨을 잃었을 여러 장면에서 지금은 '생명체로서의 생명'을 유지하는 것이 가능해졌다.

그중 하나가 연명치료인데, 그것을 받아들일지 어떨지는 본인의 사생관이 크게 관계한다. 생명이란 무엇인가, 산다는 것은 무엇인가, 그런 생각과 무관하지 않다. 또, 서서히 그런 치료를 필요로 하는 경우도 있는가 하면 뜻하지 않게 갑자기 그 선택을 해야 하는 경우도 있다.

정답이 있는 것은 아니다. 모두에게 적용되는 답은 없다. 삶에 대한 인식은 사람마다 다를 것이다.

나는, 앞에서도 말했는데 생명은 시간 속에 있다고 생각한다. 그리고 그 시간을 어떻게 쓸지, 사용 목적이 있는 이상 살 가치가 있다.

생명(命)을 사용하다(使).

이것이 '사명(使命)'이다. 사명이 있는 한 살 가치가 있다고 믿는데, 자신이 연명치료가 필요한 날이 왔을 때 어떤 선택을 할지는 알 수 없다. 왜냐면 그때의 나는 지금의 내가 아니기 때문이다. 어떤 선택을 하든지 이 생명을 주신 신의 뜻에 따라 감사할 수 있는 나였으면 좋겠다. 이렇게밖에 말할 수 없는 것이 솔직한 심정이다.

동시에, 적어도 지금의 나로서는 그런 때가 오면 어떻게 할지 가족에게 말해두어야 한다고 생각한다. 선택을 해야 할 때 내가 스스로 판단할 수 없는 상황이거나 의사를 전달할 수 없는 상태면 그 순간의 결정은 가족이 맡아야 한다. 사랑하는 가족은 괴로울 것이다.

그렇기 때문에 평소부터 가족과 생명에 관해 대화하는 것이 중요하다. 만일 내가 의사를 전달할 수 없는 상태라면 나를 이해해주는 사람이 고통 속에서 내린 선택, 그것을 감사히 받아들이고 죽는 수밖에 없다.

서재 안 파일에서 ①

인생을 어떻게 사느냐 하는 것과

죽음을 맞을 각오는

표리 관계에 있다.

'삶'은 죽음에 다가가는 것.

숨을 거두면서

죽음을 조각할 수는 없다.

죽음에 이르기 전에

그 죽음의 생김새를

스스로 만들어야 한다.

서재 안 파일에서 ③

병든 자의 기쁨을
나의 기쁨으로 여기자.
병든 자의 슬픔을
나의 슬픔으로 여기자.
병든 자로부터 주어진 열쇠로
우리 마음의 문을 열자.

서재 안 파일에서 ④

인간은 자신이 죽는다는 것을

사전에 정확히 알고 있는

생물이다.

2장 사랑한다는 것

믿음, 소망, 사랑,

이 세 가지는 항상 있을 것인데

그 중에 제일은 사랑이라.

고린도전서 13장 13절

사랑하는 것과 사랑받는 것,
선생님은 어느 쪽을 중시하세요?

나는 다행히 주위에 사람도 많고 사랑도 많이 받았다. 그것이 내가 살아가는 힘, 에너지원이 되었다. 그것은 '구하라, 그러면 얻을 것이다'라는 성서의 말대로 내가 사랑을 끊임없이 구한 결과라고 생각한다. 사랑하는 것과 사랑받는 것은 주는 사랑과 받는 사랑으로 바꿔 말할 수 있다.

동서고금을 불문하고 인간에게 사랑은 커다란 주제다. 사랑받고 싶은 것은 지극히 자연스러운 감정이다. 사람은 혼자서는 살 수 없고, 누군가를 사랑했을 때 그 상대에게 사랑받고 싶은 것이 사람이다.

그럼, 사랑을 받으려면 어떻게 해야 할까. 내가 들은 아주 멋진 이야기가 있다.

이탈리아의 성악가 피오렌차 코소토Fiorenza Cossotto의 이야기다. 이례적으로 75세까지 오랜 무대생활을 한 그녀에게는 청중과 하나 되어 사랑받기 위한 비결이 있다고 한다.

무대 위에서 몇 천 명의 청중을 상대로 음악 속에서 자신을 표현하는, 즉 드러내는 행위를 할 때 마음속에서 가장 큰 장벽이 되는 것이 청중에게 사랑받을까 어떨까 하는 불안을 느끼는 것이라고 한다.

몇 천 명의 청중 가운데 한 명이라도 자신을 싫어하는 사람이 있지 않을까를 생각하면 그 순간 자신을 유지할 수 없다. 그런 섬세한 마음을 가진 그녀는 어느 순간 깨달았다고 한다. 오늘 이 공연장에 있는 모두에게 사랑받으려면 내가 먼저 이들을 진심으로 사랑해야 한다는 것을.

이후 그녀는 무대에 설 때 청중 한 사람 한 사람에게 마음속으로 '나는 당신을 사랑합니다' 하고 속삭였다고 한다.

그렇게 하면 반드시 그 마음이 청중에게 전해진다.

이례적이라 할 수 있는 그녀의 오랜 무대생활은 그녀와 청중과의 사랑의 교환(交歡)으로 가능했던 것일지 모른다.

의사로서, 믿음을 가진 신앙인으로서, 그리고 음악과 집필활동을 통해 나는 자신 이외의 누군가를 위해 할 수 있는 일을 고민했다. 그것이 결과적으로 나를 사랑으로 채워준 것이 아닐까.

사랑받고 싶을 때 사람은 자기 내면에 있는 이상적인 사랑에 상대를 맞추려고 한다. 그것은 진짜 의미에서 상대를 사랑하는 것이 아니다. 사랑한다면 있는 그대로의 상대를 받아들이고 소중히 해야 한다. 상대를 보지 않고 자신만 보기 때문에 누군가 당신에게 좋은 감정을 가져도 알아채지 못한다.

사람을 좋아하게 되었을 때, 상대가 자신에게 보내주는 마음이 가령 자신이 그리던 이상적인 것이 아니어도 용기 내어 받아들여보자. 싫은 점, 추한 점도 있을 수 있다. 그러나 그 이상으로 멋지고 아름다운 무언가를 발견하는 경우도 많다.

누군가를 있는 그대로 사랑했을 때, 있는 그대로의 자신의 모습을 사랑하게 될 거라고 믿는다.

오랜 세월 같이했던 남편과 사별 후 너무 외롭습니다. 얼른 잊는 방법이 없을까요?

나의 아내는 안타깝게도 93세 때 나보다 먼저 세상을 떠났다. 살면서 많은 소중한 시간을 함께 했던 아내, 시즈코. 아내는 청빈을 으뜸으로 삼았던, 성실하고 청렴결백한 성품으로 '덴엔초후(田園調布, 도쿄의 주택가)의 마리아'로 불렸다. 죽기 전까지는 늘 내 곁에 있었고 그걸 당연하게 여겼기 때문에 육체가 없어진 것은 말로 다할 수 없을 만큼 허전하다.

그러나 그런 한편으로 내 마음속 아내의 모습은 살아있을 때보다 더 선명해지는 것을 느낀다. 그것이 영혼일지도 모르겠다. 나와 아내는 영혼으로 이어져 있고, 실제로 지금도 같이 살고 있는 것만 같다.

생각해보면 참으로 신기하다. 눈에 보이지 않게 된 사람의 모습이 오랜 시간이 지난 후에도 살아있을 때보다 우리에게 더 큰 힘을 준다.

보이지 않는 것에 사물의 본질이 있다는 것을 아내는 내게 가르쳐주었다.

내가 가장 좋아하는 작품, 생텍쥐페리의 ≪어린왕자≫에 이런 말이 나온다.

"잘 보려면 마음으로 보아야 잘 볼 수 있어. 중요한 것은 눈에 보이지 않아."

매우 의미 깊은 말이다. 보이지 않아도 믿을 수 있는 그런 행복을 아내가 내게 가르쳐주었다.

일본 최초의 민간 항공기 납치 사건인 요도호 사건*에서 무사히 살아 돌아와 아내와 포옹했을 때의 그 일체감, 그 순간의 감각이 지금도 선명히 남아있다.

그때 아내와 '앞으로는 남을 위해 살자'고 울면서 다짐했던 결심이 이후의 나의 인생을 만들었고 오늘까지 이어질 수 있었다.

죽은 사람을 가슴에 품고 그 사람을 떠올리면 진짜 내가 보인다. 소중한 사람이 남긴 말과 함께 사는 것은 진정한 자신을 알기 위해서 꼭 필요하다.

* **요도호 사건** | 1970년, 승객과 승무원 등 총 129명을 태우고 하네다 공항을 출발해 후쿠오카로 향하던 일본항공(JAL) 여객기를 일본 적군파(赤軍派) 요원 9명이 납치한 사건이다. 납치범들은 후쿠오카 공항에서 승객 중 23명을 풀어준 뒤 북한으로 향하려 했으나 수사당국은 한국의 김포공항을 북한공항으로 속여 착륙시켰다. 납치범들은 야마무라(山村) 운수성 정무차관을 인질로 잡는 대신 기장과 승무원 3명을 제외한 승객 전원을 풀어줬다. 그리고 평양으로 들어가 북한에 망명을 요청했다. –옮긴이

가족이나 연인처럼 소중한 사람에게 오히려 거칠게 말하고 감정을 솔직히 표현할 수 없습니다

사랑해서 한 말인데 가족이나 연인에게 전달되지 않는다. 왠지 사이가 서먹해질 것이다.

나도 마찬가지다. 지금도 그렇다. 매일 반성한다.

소중한 사람을 대할 때는 자신의 마음을 평온한 상태로 해두도록 의식한다. 상대에 따라서가 아니라 늘 그렇게 하려고 노력한다.

부드러운 언동, 감사하는 마음을 담은 미소, 위로의 말……. 마음이 굳어 있으면 할 수 없는 것들이다. 그래서 마음을 부드럽게 해야 한다. 왜 그래야 하는지 그 이유를 자기 안에 갖고 있어야 한다.

그렇지 않으면 상대에게 심한 말을 해도 그 원인을 상대의 태도에서 찾게 되고, 그렇게 되면 관계는 더욱 서먹해진다.

반대로 부드러운 마음을 만드는 것은 자신이라고 정해두면 상대와 냉랭해졌을 때 자신에게 원인이 있지 않을까 돌아보게 되어 개선할 여지도 있고, 가령 사랑하는 사람이 퉁명스럽게 화를 내도 귀엽다고 느낄 수 있다.

당신은 분명 주위 사람을 소중히 여기는 자상한 성격일 것이다.

그러니 '이런 생각으로 한 말인데……' 하는 기분을 억누르고 자기 마음부터 부드럽게 하는 연습을 시작해보자.

나도 매일 반성하면서 그렇게 하려고 노력한다.

이혼 후 같은 아픔을 겪고 싶지 않아서 새로운 만남을 찾지 않게 됩니다

모든 만남에는 반드시 이별의 순간이 찾아온다.

나와 아내도 오래 부부로 함께했는데 결국 죽음으로 이별했다.

사람은 언젠가 헤어져야 한다. 아무리 고통스러워도 부정할 수 없는 사실이므로 받아들여야 한다.

만남은 감동을 동반하지만 그 행복감이 클수록 이별의 상실감도 크다.

그러나 삶과 죽음 중 어느 하나만 선택할 수 없듯이 만남과 이별 역시 어느 한쪽만 택할 수는 없다.

만남과 이별은 하나다.

만남에 감동하면서도 이 감동의 정체는 무얼까 하며 더 조

바심 낸 경험, 없을까?

만남이 가져다주는 감동의 본질이 무엇인지는 그 사람과 같이 있는 동안에는 쉽게 알 수 없다.

헤어지지 않으면 만남의 의미, 진짜 기쁨을 알 수 없다.

이별은 만남 속에 이미 포함되어 있다고 생각하면 이별하기 싫어서 새로운 만남을 갖기 싫다는 사람도 있을 것이다. 그러나 사람은 태어날 때부터 타인을 만나지 않고 살 수 없다.

사랑하는 사람과 헤어져 이렇게 고통스러운 거라면 차라리 만나지 말걸 후회할 때도 있을 것이다. 아니면 많은 이별에 마음이 지쳐버려 새로운 만남을 피하고 두려워할 수도 있다.

인간은 나약한 존재다.

이별은 힘들고 슬프다.

그래도 이별해야 할 날이 오면 슬픔만 느끼고 끝낼 것이 아니라 이별이 가르쳐주는 '만남의 의미'에 주목하자. 이별은 만남 속에 있고, 만남의 진정한 의미를 슬프고 차분하게 재확인시켜주기 때문이다.

많은 이별을 경험하는 속에서 감동의 정체를 찾았던 나는 그렇게 느낀다.

《어린왕자》에 이런 이별 장면이 나온다.

어린왕자가 자신의 별에 소중한 장미를 두고 온 것을 후회하며 "나는 길들인 것에 대해 영원히 책임이 있어" 하고 자신의 별로 돌아갈 때, 지구에서 만난 소중한 친구인 비행사에게 이렇게 말한다.

"시간이 지나면 슬픔은 무뎌지기 마련이에요. 그래서 아저씨도 언젠가 슬픔이 지나가면 나를 알게 된 것이 기쁨이 되겠지요."

핵가족, 자녀를 갖지 않는 부부처럼 가정의 형태가 다양해지고 있는데, 선생님에게 가족이란 무엇인가요?

'가족이란 무엇인가' 하고 물으면 나는 '같이 식탁에 둘러앉아 밥을 먹는 존재'라고 대답한다. 거기에 혈연은 관계없다.

같이 식사할 수 있는 것 자체가 멋진 일이다.

가족드라마에 나오는 이상적인 단란한 가정이나 웃음이 넘치는 자리가 아니어도 괜찮다. 당연하게 식탁에 둘러앉아 같이 식사할 수 있다는 자체가 가족에게 허락된 특별한 은총이다.

당신이 따뜻한 가정을 만들고 싶다면 꼭 그 사람과 식사를 같이 해보자. 같이 식사할 수 있는 시간이 주어진 기쁨과 감사를 상대와 나누길 바란다. 세상에는 아무리 원해도 소중한 사람과 같이 밥을 먹을 수 없는 사람이 많다.

나의 가족은 매일 식사를 통해 나의 기호며 건강에 신경을 써준다. 이보다 더 큰 기쁨은 없다. 이것이 바로 식사를 같이 함으로써 느낄 수 있는 정이다. 매일 감사하는 마음이다.

레오나르도 다빈치의 〈최후의 만찬〉에는 예수와 제자들의 만찬 모습이 그려져 있다. 같이 식사를 하는 것으로 예수가 제자와 가족처럼 일체화하는, 최고의 모습이라고 생각한다.

제자들 중에는 예수를 배신하려는 사람도 있는데, 예수는 그걸 알면서도 그들과 함께 식사한다. 많은 것을 생각하게 하는 정경이다.

예수가 배신자와 식사를 했듯이 당신도 항상 편한 사람하고만 식사를 하지는 않을 것이다.

가족은 오랜 세월을 같이하는 존재인 만큼 이런저런 시기가 있을 것이다. 그래도 가족이니까 같이 식사를 한다. 그런 식으로 생각하면 분명 진짜 의미의 가족을 만들 수 있지 않을까.

우리가 누구와 친해지고 싶을 때 "같이 식사해요" 하고 권하는 것도 식사를 함으로써 일체감이 생긴다는 것을 가정에서 배웠기 때문이다.

선생님은 많은 사람과 교류해서

친구도 많고 행복하실 것 같아 부럽습니다

사실 나는 친구가 많은 편은 아니다.

물론 많은 사람을 만나 교류를 쌓았고 그 만남들은 내 안에 보석이 되었지만 진정한 친구는 소수에 불과하다. 솔직히 말해서 친구가 많다고 좋은 것은 아니라고 생각한다.

한 사람이라도 진정한 친구라 부를 수 있는 사람이 있으면 그것으로 나의 마음은 충족되기 때문이다.

친구가 적어 외롭다는 사람이 있는데 수가 적어서 외로운 것이 아니라 진정한 친구가 없기 때문이 아닐까.

그런데 진정한 친구란 어떤 존재일까.

나에게 진정한 친구는 나를 위해 기도해줄 수 있는 사람이다.

누군가를 위해 기도하는 행위는 상대를 자신처럼 생각한다는 것이다. 아무리 처지가 다르고 오랫동안 만나지 못했어도 나를 자신처럼 느껴서 내가 받은 고통을 같이 슬퍼하고, 나의 행복을 바라는 그런 친구가 있으면 인생이 얼마나 든든할까.

그런 한 사람의 친구를 찾으려면 어떻게 해야 할까.

중요한 것은 영감이다. 만약 누구를 만나서 이 사람이다, 하고 느꼈으면 그 감각을 믿어보자.

그리고 영감을 느낀 상대와 시간을 보내고, 같이 걷고, 언젠가 같이 '무대'에 서는 것이다.

무대란 그 친구가 목숨을 걸고 임하는 무섭고 두려운 자리다. 진정한 친구가 되기 위해서는 같이 어려움을 극복할 필요가 있기 때문이다.

부부도 마찬가지다. 진짜 고난을 극복한 부부는 진정한 친구가 될 수 있다.

선생님은 의료를 통해 환자에게 어떻게 사랑을 표현하셨나요?

"의학은 사이언스(과학) 위에서 이루어지는 아트(예술)다."

월리엄 오슬러 William Osler(영국의 의학자)의 이 말은 평생 의사로 산 나의 신조다.

원래 고대 의학에는 과학이란 것이 존재하지 않았기 때문에 환자의 통증을 심리적인 측면에서 치료하는 것이 의사가 하는 중요한 일이었다. 그게 무슨 예술일까, 의문도 든다. 아트라고 하면 음악이나 그림을 떠올리는 사람이 많을 것이다. 그러나 나는 이 말의 의미를 이해할 수 있다.

음악이든 미술이든 기술의 탁월함이 사람을 감동시키는 것이 아니라 거기에 감추어진 아름다움, 슬픔, 사랑이 사람들을 매료한다. 의료도 마찬가지다. 뛰어난 기술을 구사했다고 해서 환자를 진짜 의미에서 고통으로부터 해방시킬 수 있는 것은 아니다. 또, 현대의학에는 치료방법이 없는, 즉 과학이 손을 들 수밖에 없는 질병도 많이 존재한다.

그러나 그런 경우라 해도 만약 의학이 아트라면 과학이 나설 차례가 없어진 후에도 환자를 위해 할 수 있는 일은 무궁무진하다.

의사가 환자를 진심으로 생각해 웃는 얼굴로 다정히 말을 걸고, 손을 잡아주고, 이야기를 들어주는 등 해줄 수 있는 것은 많다. 그것으로 놀랄 만큼 통증과 고통이 줄어드는 환자를 수없이 봐왔다.

동화작가 미야자와 겐지(宮沢賢治)의 《첼로 켜는 고슈》도 오슬러의 말의 의미를 가르쳐준다. 고슈가 켜는 첼로의 음색에 들쥐의 복통이 사라진다. 그래서 부근에 사는 들쥐들은 배가 아프면 고슈 집의 마루 밑에 찾아와 첼로 소리를 듣는다. 고슈 역시 들쥐, 너구리, 뻐꾸기 같은 작고 약한 동물들에게서 첼로 연주법을 배운다.

이 이야기는 내게 의사와 환자가 서로 도움을 받아 하나가 되는 것이 얼마나 멋진 일인지를 보여주었다.

미야자와 겐지는 의료라는 행위에 대해서도 나에게 절대적인 영감을 주었다.

음악, 그림, 뛰어난 문학작품처럼 의료 역시 사람의 마음을 움직이는 예술의 요소가 무엇보다도 중요하다.

나는 세이로카(聖路加) 국제병원에서 50년 넘게 일했다. 세이로카는 예수의 제자이고 의사며, 복음서를 쓴 '루카'에서 따온 말이다. 설립자인 루돌프 토이슬러 Rudolf Teusler 박사는 "세이로카 병원은 병을 치료하는 곳이 아니다. 신의 사랑으로 환자의 고통을 치유하는 장소다"라고 말했고, 이것이 세이로카 국제병원의 이념이다. 나는 그 생각에 담겨진 말을 움켜쥐고 여기까지 걸어왔다.

의료는 과학에 기반을 둔 예술이고 사람들을 구원하는 행위다. 나의 뒤를 걸어오는 모든 의사들이여, 부디 예술가가 되기를 바란다.

인간은 태어날 때도 죽을 때도 혼자라는데, 인간은 고독한 존재인가요?

이 세상에 혼자 태어나는 사람이 있을까? 모두가 어머니 뱃속에 있다가 어머니의 고통을 통해서 이 세상에 태어난다. 그 의미에서 인간은 혼자가 아니다. 생명 자체가 혼자 힘으로는 얻을 수 없기 때문이다.

나는 음악회에서 자주 지휘를 하는데, 그때는 지휘봉을 위에서 아래로 흔들지 않고 아래에서 위로 흔든다. '모두 따라 오세요'라는 사인이 아니라 모두의 노래를 끌어내고 싶다는 마음으로 지휘봉을 흔든다.

음악을 통해 연주자와 관객이 하나로 이어지는 일체감을 만들고 싶다.

어느 합창단의 연주회 때 일이다.

지휘자를 보았을 때 나는 깜짝 놀랐다. 보통은 무대 위에서 지휘를 하는데 그 지휘자는 무대를 벗어나 청중들 사이에서 지휘를 했다.

청중을 끌어들여 연주회장 전체를 하나로 감싸는 일체감이 생겨났다. 이런 방법이 있다니, 청중 사이에서 모두를 끌어당기는 지휘자의 기술을 본 것 같았다. 이후 나도 그 지휘자처럼 관객석에서 지휘를 하게 되었다.

일체감은 사람을 기분 좋게 만든다. 자신과 상대 사이의 벽이 사라져서 하나처럼 느낄 수 있다. 불교에서는 장례식 때 사람들이 염주를 손에 쥔다. 염주는 모두의 마음을 하나로 잇는다. 사랑하는 사람과 이별할 때 향을 피워 모두가 연기에 감싸인다. 그런 것에서 우리는 일체감을 느낀다.

노인, 청년을 나누지 않고 모두가 함께 느낄 수 있는 일을 하고 싶었다. 그런 식으로 일체감을 느낄 수 있는 장소를 많이 만들고 싶다.

한 사람 한 사람을 연결해 염주가 완성되는 장소. 염주를 꿰듯 줄줄이 엮는다는 말처럼 한 사람 한 사람 모양은 달라도 한 가닥의 실로 이어져 하나가 될 수 있는 기회가 많이 생겼으면 좋겠다.

세계 곳곳에서 싸움이 사라지지 않고 있는데,
세계평화가 실현될 거라고 생각하세요?

세계평화라고 하면 너무 거창해서 현실적이지 않다고 생각하는 사람이 많다.

그러나 나는 반드시 세계평화가 가능할 거라고 믿는다.

내가 좋아하는 젊은 친구 중에 배재철이라는 한국인 테너 가수가 있다.

유럽 무대에서 활약하며 아시아 오페라 역사상 최고의 테너로 불린 친구다. 그런데 세계 정상을 눈앞에 두었을 때 젊은 나이에 갑상선암에 걸렸고, 결국 암 적출을 위해 성대와 횡격막의 신경까지 절단하는 수술을 받아야 했다. 이후 그는 목소리를 잃었다. 말도 제대로 할 수 없을 정도였다.

가수가 목소리를 잃는다는 것은 어쩌면 목숨을 잃는 것보다 괴로운 일일지도 모른다. 그에게는 큰 고통이었을 것이다. 한 순간에 영예를 잃게 되어 경제적으로도 어려운 상황이었다.

주위에 있던 사람이 한 사람, 또 한 사람 떠나갈 때 그를 헌신적으로 도와준 것은 한 일본인 청년이었다. 음악 프로듀서인 그는 재기 불능이라는 재철 씨에게 일본에서 수술을 받게 했다. 수술은 나의 모교인 교토대학교 의과대학 명예교수로 있는 잇시키 노부히코(一色信彦) 박사가 집도했다.

오페라 가수의 성대 복원이라는, 세계 최초라 할 수 있는 수술의 집도를 흔쾌히 맡아준 잇시키 박사의 도전으로 재철 씨는 다시 무대에 올라 노래를 부를 수 있게 되었다.

잇시키 박사는 "만약 그가 목소리를 되찾지 못하면 지금까지 쌓아온 당신의 명예에 타격이 가니 그런 위험한 수술을 허락해선 안 된다"는 동료와 주위 사람들에게 "자신의 명예 때문에 환자를 외면할 수는 없다"며 성공률이 낮은 수술에 도전하기로 결심했다. 같은 의료계에 종사하는 사람으로서 진심으로 존경할 자세다.

내가 배재철 씨의 노래를 처음 들은 것은 102세 때다. 어릴 적부터 음악을 좋아해 작사와 작곡도 했고 학생 때는 친구들과 삼중창, 사중창을 만들어 노래도 불렀는데, 재철 씨의 노래를 들었을 때의 감동은 지금도 잊을 수 없다.

노래를 듣고 신의 존재를 느낀 것은 짧지 않은 나의 인생에서 그때가 처음이었다.

큰 어려움을 극복한 그의 노랫소리는 말로는 표현할 수 없을 만큼 풍부하고 아름다웠다. 노래의 형태를 한 기도 그 자체였다. 그것은 한국인과 일본인의 우정의 듀엣이며 의학과 예술의 듀엣이었다.

기독교인인 재철 씨는 노래를 부르기 전에 늘 기도한다고 한다.

"나를 위해 노래하지 않고 당신을 위해 노래하는 제가 될 수 있게 하소서."

배재철 씨의 노랫소리 뒤에는 많은 사람의 격려와 기도가 있었다. 그것이 그를 붙잡아주었고, 세계 최초의 기적을 만들었다.

나는 그 기적 안에 세계평화가 있다고 생각한다.

사람과 사람의 교류는 국가와 국가 사이의 관계를 능가한다.

상대 국가에 자기 가족처럼 여기는 사람이 한 사람이라도 있으면 된다. 그런 사람이 한 사람, 또 한 사람 늘어나면 국가 간의 평화는 반드시 이루어지리라 믿는다.

재철 씨와 나는 일본 전국에서 '히노하라 시게아키 프로듀스 배재철 콘서트'를 열었다.

매번 공연장에 온 사람들 모두 눈물을 흘리며 자리에서 일어나 하나가 되는 그 광경은 콘서트라기보다 평화의 모임이다.

나는 그 모습을 볼 때마다 언젠가 반드시 세계평화가 실현될 거라고 확신한다.

대체 사랑이란 뭔가요?

사랑이란 인간의 삶의 목적, 전부다.

나는 기독교인인데, 성서에 '하나님은 사랑이다'라고 되어 있다. 사랑이 신 그 자체다. 사랑을 구하는 것은 신을 구하는 것이다.

그 사랑을 우리가 가장 알기 쉽게 보여준 것은 예수가 아닐까.

신앙적인 이야기가 되는데, 그리스도(구세주)라 불리는 예수는 나를 위해서, 나 대신 나의 죄를 지고 십자가에 못 박혀 돌아가셨고, 그 죽음으로 나를 새롭게 하여 내가 살아갈 모든 의미를 주었다.

남을 위해 자신을 버리고, 상대의 짐을 등에 지고 살아가는 사랑의 모습. 상대를 자신이라 생각해 큰 희생을 기쁨과 감사로 받아들이는 사랑, 즉 신의 모습이다.

사람은 사랑 없이 살 수 없다. 그리고 사랑을 나누는 사회야말로 평화롭고 행복한 사회다. 그런 생각으로 내가 만든 노래가 있다.

이 〈사랑의 노래〉는 내가 아흔이 넘었을 때, 매일처럼 하늘의 부름을 받아 떠나는 사람들이 있는 호스피스 병동에서 봉사활동을 해준 합창단을 위해 만든 곡이다.

나의 생에서 음악을 통해 처음으로 신을 느끼게 해준 한국인 테너 가수 배재철 씨는 이 곡이 담긴 음반을 내주었다. 그 노래가사에서 내가 생각하는 사랑의 모습을 느낄 수 있을지 모르겠다.

〈사랑의 노래〉

우리 지금 여기 마음을 모아서
선한 일을 위해
이 시간을 보내리.

사랑의 손을 구하는 그 목소리 따라서

애잔한 마음. 사람들을 보내리.

우리 지금 여기 힘을 모아서
그 무엇도 바라지 않고 봉사에 살리.

섬기는 기쁨. 마음에 넘치네.

사랑하는 당신께 사랑을 보내리.
사랑을 보내리.

작사·작곡 히노하라 시게아키

서재 안 파일에서 ⑤

당신의 희망을 나누기 위해

당신의 시간을 쓰는 것이

사랑입니다.

서재 안 파일에서 ⑥

희망과 사랑의 씨앗을

고통받는 친구의 마음속에

뿌리세요.

서재 안 파일에서 ⑦

용서는 타인을 믿고
참고 기다리는 사랑의 마음.
남을 질책하지 않고,
약한 자신이 용서받고 사는 것처럼
남을 받아들이는 자비의 마음.

3장 용서는 어렵다

우리가 우리에게 죄 지은 자를

사하여준 것같이

우리 죄를 사하여주옵소서.

〈주기도문〉 중에서 **마태복음** 6장 12절

성서에는 '사람을 용서하고 사랑하라'고 쓰여 있습니다.
기독교 신자인 선생님은 모든 사람을 용서하셨나요?

사람을 용서한다는 것은 쉽지 않다.

용서하기 어려운 사람을 용서하려고 할 때 나는 진정한 고독을 느낀다.

용서를 생각할 때 나는 한자의 서(恕)를 떠올린다.

허락(許)하거나 잘못을 책하지 않는다(赦)는 것보다 더 본질적인 의미를 갖고 있기 때문이다.

서(恕)라는 한자는 마음(心) 위에 같을 여(如)가 얹혀 있다. 용서한다는 것은 누군가에게 허가를 내리거나 나쁜 짓을 한 사람을 받아들인다는 것이 아니다. '상대를 자신처럼 생각하는 마음'이다.

상대를 자신처럼 생각한다는 것은 상대를 용서하는 것이 곧 자신을 용서한다는 의미다. 그래서 용서는 상대가 아니라 자신을 위해서 하는 행위다.

용서할 수 없는 마음을 계속 갖고 지내면 너무 힘들다. 그래서 용서를 통해 우리는 편해질 수 있다.

기독교인은 예수가 흘린 피로 자기 죄를 용서받았다고 생각한다. 예수는 우리를 자신과 같다고 생각해서 십자가에 못 박혀 돌아가셨다. 우리는 이미 용서받은 자들이다. 그렇기 때문에 이웃을 자신처럼 여겨 용서할 수 있다.

그렇기는 해도 '도저히 용서할 수 없는 사람도 있지 않을까' 하는 의문이 들 것이다.

그만큼 용서란 어렵다.

신이 걸은 길을 선택해 수도자가 된 와타나베 가즈코(渡邊和子) 수녀조차 어릴 적 2·26사건(1936년 2월 26일 일본 육군의 황도파 청년장교들의 쿠데타 기도-옮긴이) 때 아버지를 총살한 범인을 용서하는 데 상당한 시간이 필요했다고 한다. 그것은 인간의 솔직한 심정이다.

우리도 인생을 살면서 이것은 절대 용서할 수 없다, 이 사람만큼은 절대 용서가 안 된다 하는 경우에 처하게 된다.

나 역시 요도호 납치 사건을 당했을 때 같은 체험을 했다. 58

세 때의 일이다.

그때 범인들은 비행기 승객을 인질로 잡고 북한 평양으로 가자고 요구했다. 대한해협 위를 지날 때 범인 중 한 사람이 "평양까지는 시간이 있으니 책을 빌려주겠다"고 말했다.

그때 그들이 갖고 있었던 것은 러시아 혁명군인 적군(赤軍) 기관지와 김일성 전기, 신란(親鸞, 가마쿠라시대의 승려로 정토진종을 창시했다.-옮긴이) 전기, 이토 시즈오(伊東靜雄, 시인) 시집, 그리고 도스토옙스키의 《카라마조프가의 형제들》도 있었다. 다른 승객은 아무도 손을 들지 않았는데 나 혼자 《카라마조프가의 형제들》을 달라고 했다.

나는 기내에서 예전에 읽었던 그 책을 조용히 읽어갔다.

지금 우리를 죽일지도 모를, 그런 상대를 어떻게 용서해야 할까, 성서는 '원수도 용서하라'고 했지만 그 공포로 인한 고통 속에서 도저히 범인을 용서할 수 없었다.

그러나 그때 예수의 마지막 말이 내 마음에 울렸다.

십자가 위에서 숨을 거두려 하는 예수는 하나님을 향해 외친다.

"아버지, 저들을 용서해주십시오. 저들은 자기들이 무슨 일을 하는지 모릅니다."

지금 나에게는 이 범인들을 용서하는 마음을 가질 수 없지만 이해하는 노력은 할 수 있을지 모른다.

그 노력이란 것이 그들이 읽은 《카라마조프가의 형제들》을 읽는 행위였다.

지금도 나는 《카라마조프가의 형제들》이라는 소설의 내용을 진짜 의미에서 이해하지 못한다.

나는 그들을 용서할 수 있을까?

지금도 자문을 계속한다.

죽기 전에 다시 한 번 《카라마조프가의 형제들》을 읽고 싶다. 어쩌면 그때 용서라는 진짜 의미를 깨달을 날이 올지 모른다. 지금 그렇게 느낀다.

다시 태어난다는 것은 어떤 건가요?

인간이라면 누구나 '다음에 다시 태어나면 이런 걸 해보고 싶다'고 변신(變身)을 바란다.

다시 태어난 자신을 상상해보는 것은 즐거운 일이다.

나도 다시 태어나면 가수가 되고 싶다.

그러나 진짜 의미에서 '다시 태어난다'는 것은 환생을 말하는 것이 아니다. 우리는 지금의 삶을 살면서도 다시 태어날 수 있다.

다시 태어나기 위해서는 일단 죽어야 한다.

물론 그것은 육체가 죽는다는 것은 아니다.

죽음을 강하게 실감한 순간, 즉 내가 다시 태어난 순간은 요도호 납치 사건에서 풀려나 다시 땅을 밟았을 때다.

비행기 납치범에게 잡혀 있던 나흘은 인생에서 가장 긴 시간이었다.

그날은 후쿠오카에서 열리는 학회에 참석하기 위해 하네다 공항에서 비행기를 탔다. 후지산 정상을 지날 즈음, 9명의 젊은이가 자리에서 일어났다. 그중 리더로 보이는 인물이 일본도를 빼어들고는 "우리 일본 적군은 이 비행기를 하이재킹했다. 지금부터 북한 평양으로 간다!"고 외쳤다.

뭔가 큰일이 벌어졌구나, 직감한 나는 재빨리 나의 맥박을 확인했다. 평소보다 빠르게 뛰었다. 상당히 동요했을 것이다. 대체 무슨 일이 일어난 건지 얼른 이해할 수 없을 정도였다.

비행기는 북한으로 간다고 했는데 사실은 한국의 김포공항에 착륙했다. '적군파 환영'이라는 글자와 함께 군복을 입은 병사들이 늘어선 걸 보고 이제 풀려나겠구나 생각했다. 그런데 범인들 가운데 가장 젊고 머리가 좋은 청년이 창문을 통해 셸Shell(미국 석유회사-옮긴이) 마크가 있는 가솔린 스탠드를 발견하고 '여긴 북한이 아니다! 한국이다!'라고 알아챘다. 그 후 "한 달이든 두 달이든 농성한다"는 그들과 보낸 나흘은 비장감이 감도는 시간이었다. 당시 운수성 정무차관이었던 야마무라 신지로(山村新治郎)의 교묘한 협상 덕분에 우리는 겨우 풀려날 수 있었다.

비행기 트랩을 내려와 땅에 발을 디뎠을 때의 감각을 지금도 잊을 수 없다. 아내를 다시 만난 기쁨에 포옹하면서 '내 목숨은 새로 주어졌다. 앞으로는 내가 아닌 남을 위해 살자'고 결심했다.

나는 그때 이미 한 번 죽었다. 과거의 낡은 자신이 죽고 새로 태어난 것이다.

성서에서 예수는 이렇게 말한다.

'누구든지 나를 따라오려거든, 자신을 버리고 제 십자가를 지고 나를 따라야 한다.'

자신을 버리는 것은 낡은 자신이 죽는 것이다. 그런 의미에서 나는 요도호 사건 덕분에 새로 태어났다.

그날 이후 지금까지 신이 주신 새로운 목숨을 남을 위해 전부 바치는 삶을 살았다.

괴롭힘을 멈추게 하는 방법이 있나요?

괴롭힘은 사람의 목숨을 함부로 대하는 행위다.

상대를 자신처럼 여기고 자신처럼 소중히 한다. 그것이 제대로 되지 않는 것은 아이들 세계만이 아니다. 어른들 사회, 국가 사이에서도 일어날 수 있다.

진짜 의미에서 자신의 목숨을 소중히 하면 다른 사람의 목숨을 위험하게 만드는 괴롭힘은 반드시 근절할 수 있다고 믿는다.

나는 2016년에 《복수하지 않아(しかえししないよ)》라는 제목의 시화집을 냈는데, 그중 한 편을 소개한다.

생명은 눈에 보이지 않지만

각자 느낄 수 있는 것.
너도 느낄 수 있어.
자신이 생명을 갖고 있다는 것을.

생명은 자신이 갖고 있는 시간이야.
그렇게 열 살인 네게 나는 말했지.

생명을 소중히 하는 것은
생명을 잘 사용하는 것.
네가 가진 시간을
너뿐 아니라 누군가를 위해서 쓰는 것.

괴롭힘은 친구가 가진 시간을 빼앗고
생명을 상처 내는 것.
그러니까 괴롭힘은 멈추자.

그리고
누가 너를 괴롭혀도
똑같이 때리거나

말로 복수하지 말고
꾹 참고 이렇게 말하렴.

나는 복수하지 않아.
같이 운동장에 나가
축구하자.

누군가의 시간과
너의 시간이 하나가 되어
너의 생명이 크게 펼쳐질 거야.

나는 다음 세대를 짊어질 어린이에게 생명이 얼마나 소중한지 정확히 알려주어야 한다고 생각한다.

제게 심하게 대하는 동료가 있습니다.
저를 싫어하는 사람과 어떻게 해야 잘 지낼 수 있을까요?

나는 다행히 많은 사람에게 사랑과 존중을 받았다. 감사할 일이다. 그래서 "선생님은 주위에 좋은 사람이 많으니 굳이 싫은 사람과 가까이할 필요는 없지 않나요?" 하는 말을 듣곤 한다. 그러나 그것은 잘못된 생각이다.

다양한 인간관계 속에서 자신에게 적의를 품은 사람을 완전히 멀리하는 것은 불가능한 데다 가령 피할 수 있다 해도 나는 그 선택은 하지 않는다.

의사라는 직업상 많은 환자를 만나는데 그들은 자신이 앓는 병 덕분에 소중한 것을 깨달았다고 말한다. 처음에는 꺼리고 싶었던 것들과 마주함으로써 소중한 무언가를 발견하게 되는 것은 인간관계에서도 마찬가지다.

상대에게 이해받지 못하는 것은 큰 고통이다. 하물며 미움을 받으면 '왜 나를 알아주지 않을까' 하고 의기소침해진다.

그러나 대하기 거북한 상대와 마주한 덕분에 발견하는 것이 있다.

그런 때 나는 자신에게 이렇게 말한다.

100년 넘게 함께하는 자기 자신도 제대로 모르는데, 이 사람이 나를 모르는 것은 당연하다, 라고.

그렇게 생각하면 마음이 가벼워지고 이해받으려면 어떻게 해야 할까 고민하기 시작해서 상대를 받아들일 수 있는 마음가짐이 된다.

마주한 덕분에 새로운 발견을 할 수 있다. 거북한 상대를 피하는 것으로 몰랐던 자신을 만날 수 있는 모처럼의 기회를 놓쳐선 안 된다.

'자기한테 잘해주는 사람에게만 잘해준다면 칭찬받을 것이 무엇이겠느냐?'

예수의 말은 많은 암시를 담고 있다.

거북한 인간관계 속에 사실은 인생을 풍부하게 하는 힌트가 숨어 있음을 가르쳐준다.

남의 호의를 바라는 것도 싫고

남이 나의 호의를 기대하는 것도 싫습니다.

선생님은 누군가의 호의에 기댄 적이 있나요?

누군가에게 기댈 수 있다는 것은 마음에 여유가 있는 것이다.

단, 어리광이랄까 호의를 기대하는 것에도 두 가지 종류가 있는데, 당신이 싫다고 말하는 것은 자기(自己)를 갖지 않은 인간이 단순히 남을 의지하는 상태가 아닐까.

남의 호의에 기대는 경우를 생각할 때는 동시에 '자기'에 대해서도 생각할 필요가 있다.

자기가 있는 인생이란 쉽게 말하면 자신이라는 인간이 어디를 향해 살고 있나 정확히 인식할 수 있는, 확신이 있는 상태다.

외국과 비교하면 안타깝게도 일본인은 자기가 없는 상태인 사람이 많다. 이것은 신앙과도 관계가 있을 것이다.

자기가 있는지 어떤지는 삶의 방식의 문제라서, 가령 경제적인 자립과는 무관하다. 더부살이를 하며 먹고 살 돈이 없어도 자기는 가질 수 있고, 가령 나처럼 휠체어 생활로 매사 남의 도움이 필요한 상태라도 자기를 가질 수 있다.

두 번째는, 자기를 갖고 열심히 사는 사람이 자신보다 강력한 존재를 믿어 자기 힘으로는 어쩔 수 없는 일을 그 존재에게 내맡기는 것이다. '진인사대천명(盡人事待天命, 노력을 다한 후에 천명을 기다림-옮긴이)'이라는 말 그대로다.

나에게 강력한 존재는 신이니까 신앙심을 말하는 것이 된다.

최선을 다해 싸우기 때문에 기대고 의지할 수 있다. 그런 심경으로 자신을 의지할 수 있는 사람이 있다면 인생을 폭넓고 풍요롭게 해줄 것이다.

내게는 그 존재가 신이고, 가족이라 부를 수 있는 진정한 친구다.

젊은 사람과는 대화가 안 됩니다.
그들과 어떻게 지내야 하나요?

나는 젊은 사람을 좋아한다.

누군가의 칭찬을 받는다면 젊은 사람의 칭찬을 받고 싶다.

젊은 사람이 "늘 최선을 다하는 당신을 보고 우리도 열심히 해야겠다고 생각합니다", "당신이 이렇게 해준 덕분에 지금 우리는 이만큼 행복합니다" 하고 말할 때 진심으로 기쁘고, 젊은 사람에게 용기를 줄 수 있는 인생 선배가 되고 싶다.

실제로 80살 이상 차이가 나는 젊은이와도 교류를 하며 다양한 자극을 받고, 배움도 얻는다. 의외로 그들도 나와 같은 세대의 이야기를 듣고, 배우고 싶어 한다.

그들을 상대할 때 신경 쓰는 것이 있다. 사람을 만날 때의 '접촉' 방법이다. 어투, 표정, 태도, 그런 것들을 총칭해 '접촉'

이라는 의식을 갖는데, 그것이 쌀쌀맞거나 험악하면 당연히 그들과의 관계는 어색해진다.

그래서 따뜻한 '접촉'이 되도록 유의한다. 상대를 대할 때 '당신의 좋은 점을 더 알고 싶다'는 기분을 담으면 자연스럽게 좋은 관계를 만들 수 있다.

'요즘 젊은이는 돼먹지 않았다'는 말은 어느 시대나 있었는데, 이 말은 상당히 자기중심적인 발상이다. 나이를 먹은 우리가 그만큼 경험이 있으니까 젊은 사람에게 먼저 다가가야 한다. 젊을 때는 쉽게 쑥스러워하고 무슨 말을 해야 할지 몰라서 제대로 말하지 못하는 것도 나이가 들면 할 수 있다. 그것이 세월의 힘이다. 나이의 공이 크다.

또 하나 중요한 것은 자신보다 어린 사람, 가족, 약한 입장에 있는 사람에 대해 자칫 상대를 존중하는 마음을 잃을 때가 있다. 윗사람이나 연장자를 공경하는 것만으로는 안 된다.

공경하는 마음은 배려하는 마음이므로 나이나 입장에 관계가 없다.

말은 이렇게 하지만 나 역시 나이가 들었어도 지금도 접촉 방법에 문제가 있었다, 어렵다고 느낄 때가 많다.

그런 때는 나의 어투나 태도가 상대에게 쌀쌀맞은 인상을 준 게 아닐까 돌아본다. 사람과의 대화가 뭔가 와닿지 않고 커뮤니케이션에 문제가 있을 때 이렇게 자신을 반성한다.

내가 존경하는 윌리엄 오슬러는 백혈병에 걸린 소녀의 병실에 갈 때 병원 마당에 피어 있는 장미를 꺾어서 가져갔다고 한다. 나는 당신을 생각한다, 하는 마음을 장미꽃으로 표현한 것이다.

꽃을 받은 소녀에게 오슬러는 병원에 있는 나이 든 의사 선생님이 아니라 자신을 염려하고 생각해주는 멋진 오슬러 의사 선생님이 되었을 것이다. 이처럼 나이 차를 뛰어넘어 마음을 나눌 수 있는 것은 멋진 일이다.

서재 안 파일에서 ⑧

그 깊은 슬픔도

언젠가 다정한 마음으로 바뀔 때가

반드시 옵니다.

풍요로움이라는 불행.

가난 속에서의 나눔.

서재 안 파일에서 ⑩

남에게 상처준 것은 잊어버리는데

남에게 받은 상처와 공격은

도저히 잊을 수 없다.

그것은 사람을 용서할 수 없는

인간의 어리석음 때문이다.

4장

소중한 것은 쉽게 알 수 없다

하나님이 모든 것을 지으시되

때를 따라 아름답게 하셨다.

그러나 하나님이 하시는 일의 시종을

사람으로 측량할 수 없게 하셨도다.

전도서 3장 11절

갑작스런 재해로 가족을 잃었습니다.
이 슬픔을 극복할 수 있을까요?

나는 지금껏 병으로 사망한 사람을 많이 보았는데, 그게 전부가 아니다. 전쟁, 재해, 불의의 사고 같은, 인간의 판단으로는 도저히 받아들이기 어려운 죽음도 많이 보았다.

'왜 이런 일을 당해야 하나' 납득하기 어려운, 사람의 지식을 초월한 일을 우리는 많이 경험한다.

인간은 신의 계획을 알 수 없다.

인간은 도저히 가늠할 수 없지만 모든 것에는 신의 계획이 있다고 믿는다.

'하나님께서는 여러분에게 힘에 겨운 시련을 겪게 하지는 않으십니다. 시련을 주시더라도 그것을 극복하고 벗어날 수 있는 길을 마련해주실 것입니다'라는 성서의 말이 내게 그런 믿음을 주었다.

당신은 지금 슬픔의 한가운데 멈춰 서 있기 때문에 평생 웃을 일이 없다고 생각할지 모른다. 그러나 인간에게는 시간은 걸리지만 반드시 슬픔을 극복하는 힘이 있다. 아름다운 꽃을 보고, 멋진 음악을 듣고, 친구와 마음을 나누는, 그런 힐링을 통해 삶의 행복을 느끼는 순간이 온다. 그때를 믿고 기다려야 한다.

〈꽃은 핀다(花は咲く, 작사 : 이와이 슌지(岩井俊二) / 작곡 : 간노 요코(菅野よう子))*〉라는, 내가 정말 좋아하는 노래가 있다. 꽃은 언젠가 핀다. 그 노래만큼 기다림에 대해 자상하게 가르쳐주는 노래도 없을 것이다.

〈꽃은 핀다〉

새하얀 눈길에 봄바람 향기 나네 나는 그리운 그 거리를 떠올려
이루고 싶은 꿈도 있었어 변하고 싶은 자신도 있었어
지금은 그저 그리운 그 사람을 떠올려
누군가의 노래가 들려 누군가를 격려하네

누군가의 웃는 얼굴이 보여 슬픔 저편에
꽃은 꽃은 꽃은 피어 언젠가 태어날 너에게
꽃은 꽃은 꽃은 피어 나는 무얼 남겼나
밤하늘 저편 아침 기척에
나는 그리운 그날들을 떠올려
상처 입고 상처 주고 보람이 없어 울기도 하고
지금은 그저 사랑스러운 그 사람을 떠올려
누군가의 바람이 보여 누군가와 이어져 있어
누군가의 미래가 보여 슬픔 저편에
꽃은 꽃은 꽃은 피어 언젠가 태어날 너에게
꽃은 꽃은 꽃은 피어 나는 무얼 남겼나
꽃은 꽃은 꽃은 피어 언젠가 태어날 너에게
꽃은 꽃은 꽃은 피어 나는 무얼 남겼나
꽃은 꽃은 꽃은 피어 언젠가 태어날 너에게
꽃은 꽃은 꽃은 피어 언젠가 사랑할 너를 위해

두 번 다시 일어서지 못할 거라 생각해도, 어떤 싸움터에도 반드시 꽃은 핀다. 당장은 실감하지 못할 수 있다. 그러나 걱정할 것 없다. 나도 그랬다.

'하나님이 모든 것을 지으시되 때를 따라 아름답게 하셨다'라는 성서의 말처럼 그 아름다운 때가 온다는 것을 당신과 함께 믿고 싶다.

사랑하는 것은 믿는 것이고, 믿는 것은 기다리는 것이다.

* **〈꽃은 핀다〉** | 2012년 발표된 부흥 지원 노래로, 2011년에 발생한 동일본 대지진의 피해지 및 피해자를 응원하기 위해 제작되었다. 일본방송협회 NHK가 2011년부터 시행하고 있는 지진 재해 지원 프로젝트의 주제가로 사용되고 있다. -옮긴이

지금까지 인생에서 가장 슬펐던 일은 무엇인가요?

웃을지 모르지만, 내가 지금까지 가장 슬퍼서 울었던 것은 구제 제3고등학교(메이지 유신 이후 2차 대전 패전 이전까지 일본 전국에 존재했던 3년제의 대학 예과급 교육기관. 학교명에 일련번호가 들어 있어 넘버스쿨이라고도 불렸다. - 옮긴이) 이과 갑류에 불합격했을 때다. 갑류(甲類)는 말하자면 의과대학 진학 코스다.

내가 7세 때 갑자기 어머니의 용태가 위독해서 그날 밤 야스나가 겐이츠(安永謙逸)라는 의사가 어머니를 돌보러 와주었다. 그분은 기독교 신자였다.

그때가 내 인생에서 정말 필사적으로 기도했던 첫 체험이다. 죽음을 앞둔 예수가 겟세마네 동산에서 땀이 핏방울이 되어 흐를 만큼 필사적으로 기도했다는 내용이 성서에 나오는데 나도 7세 때 똑같은 경험을 했다.

지금 생각하면 신기한데, 그때는 "어머니를 살려주세요"라고 기도하지 않았다. "하나님, 어머니를 구하려는 야스나가 선생님을 도와주세요" 하고 기도했다.

야스나가 선생님의 기도와 나의 기도가 신께 전해진 걸까. 어머니는 무사했고 그 후 나와 인생을 같이할 수 있었다. 내가 의사가 되겠다고 결심한 것은 그때였다.

그 결심을 이룰 수 있는 의대 지망 코스에서 떨어졌으니 너무 억울하고 슬퍼서……. 베개 커버가 젖을 정도로 밤새 울었다.

그런데 사실 나는 시험에 합격했다. 합격 발표를 대신 확인해준 선배의 착오였다. 다음 날 자초지종을 알았을 때 그 기쁨은 뭐라 말할 수 없을 만큼 컸다.

그 경험에서 한 가지 깨달은 것이 있다.

슬픔과 기쁨은 동전의 양면처럼 공존한다는 것이다.

아무튼 하룻밤을 울며 지새운 것으로, 나 자신이 얼마나 의대에 가고 싶어 하는지 뼈저리게 느꼈다.

밤이 어두울수록 아침 햇빛은 눈부시다.

겨울이 추울수록 봄의 따뜻함이 몸에 스며든다.

살다 보면 슬프고 힘든 일, 뜻대로 되지 않는 일이 많다. 오히려 즐거운 일보다 더 많을지 모른다.

울고 싶을 때는 그 기분에 솔직해져서 실컷 울자. 울고, 또 울어서 자기 안의 슬픔, 억울함과 마주하면 그 끝에는 반드시 진정한 기쁨이 기다리고 있다.

진심으로 눈물 흘려본 경험이 있는 사람은 타인의 아픔을 이해한다. 상처받은 사람에게 다가가 위로의 말을 건넨다. 그런 자애의 마음이 커진다. 타인을 배려하는 사람은 그 역시 타인으로부터 배려를 받는다.

내 인생에서 가장 슬펐던 경험은 마음속 소중한 장소에서 지금도 나에게 미소 짓는다.

옛날부터 운이 나빴습니다.

마음먹기에 따라서 운을 좋게 할 수 있을까요?

인생을 살다보면, 병에 걸렸다, 가족이 일찍 사망했다, 취직이 안 된다, 일자리를 잃었다, 이혼했다 등등……, 왜 나한테만, 하는 생각이 들 만큼 운 나쁜 일들이 일어난다.

사람마다 각자 인생에서 어려운 일이 생긴다. 아무리 운이 좋아 보이는 사람도 남에게 말하지 못할 어려움과 고민을 갖고 있다.

문제가 없는 사람은 세상에 한 사람도 없다.

운을 기회라는 말로 바꿀 수 있다면, 나는 이렇게 생각한다. 그것은 후지산 같다, 라고.

고속열차를 타면 시즈오카(靜岡) 쯤에서 웅장한 후지산의 모습이 보인다.

그러나 고속열차를 탄다고 꼭 후지산을 볼 수 있는 건 아니다. 구름에 가려 보이지 않는 날도 있다. 맑은 날씨여도 밤에 고속열차를 타면 당연히 볼 수 없다. 일본에서 가장 큰 산임에도 보이지 않는다.

그러나 눈으로 확인할 수는 없어도 후지산은 그곳에 존재한다.

늘 그 자리를 지키고 있는데 보이지 않는다. 그렇게 커다란 산인데도 눈에 안 보인다. 다음에 고속열차를 타도 또 못 본다. 그다음도, 그다음 역시 보이지 않는다. 그래서 어느 사이에 포기하고 후지산 근처를 지날 때 잠들어버리면 결국 평생 후지산을 보지 못한다.

가령 모습이 보이지 않아도 그곳에 후지산이 있다는 것을 믿자. 이런 믿음이 좋은 운을 부르는 방법이 아닐까.

'보지 않고도 믿는 사람은 행복하다'고 예수는 말했다.

토마스는 예수의 열두 제자 중 하나였다. 예수가 돌아가신 후 다시 그 앞에 나타났을 때 토마스는 예수의 부활을 믿지 못했다. 그때 예수는 토마스의 손을 잡고는 내 손을 만져보고 내 옆구리에 넣어보라고 말한다. 그제서야 토마스는 "저의 주님, 저의 하나님" 하고 말했다. 그러자 예수는 이렇게 말했다.

"너는 나를 보고야 믿느냐? 나를 보지 않고도 믿는 사람은 행복하다."

생각해보면, 운이나 기회는 눈에 보이지 않는다. 그렇기 때문에 신은 나를 사랑하신다, 어여삐 여기신다, 고통도 나의 성장을 위해 주시는 것이다. 그리고 그 후에는 반드시 큰 상을 준비해주신다고 믿는다.

나도 들은 이야기인데, 세계의 대부호 가운데 99퍼센트가 한 번은 파산을 경험했다고 한다. 숫자의 진위는 알 수 없지만 흥미로운 이야기가 아닌가.

선생님은 기적의 연속 같은 인생을 사셨습니다.

기적은 특별한 사람에게만 일어나는 건가요?

기적은 누구에게나 일어날까? 그렇지 않다.

그러나 어떤 사람에게 일어나는지를 알면 기적은 모든 사람에게 찾아온다. 나는 그걸 확신한다.

기적은 어떤 사람에게 일어날까.

세상에는 기적이라고밖에 할 수 없는 일을 체험하는 사람이 있다. 어느 시대에나 그런 사람이 있다. 그리고 그들을 자세히 보면 거기에는 '참된 신앙'이 있다. 참된 신앙이란 자기 힘으로는 어쩔 수 없는 어려움에 부딪쳤을 때 지금껏 자신이 움켜쥐었던 자기의 중심을 내놓는 것이다. 그리고 커다란 힘, 신께 모든 것을 내맡긴다.

지금까지의 자신을 내놓는다는 것은 낡은 자신을 벗어던지는 것이라고 할 수 있다. 내적으로 다시 태어나는 것이다.

신은 그런 사람에게 반드시 구원의 손길을 내민다고 확신한다.

그런 단계를 거친 사람에게는 인간은 설명할 수 없는 기적이 일어나는 예를 많이 보았다.

내가 배운, 인생에서 기적을 일으키는 방법. 그것은 '참된 신앙을 갖고 기적을 일으킨 사람과 일체화하는 것'이다.

예수는 말했다.

"나를 믿는 자는 죽어도 살겠고 살아서 믿는 자는 영원히 죽지 않을 것이다."

말만 들어서는 갑자기 믿지 못할 수 있다. 육체가 없어지고 2,000년 넘게 시간이 흘렀어도 예수는 살아있다. 참된 신앙을 가졌던 예수와 일체화하는 것. 내게 기적이 일어났다면 그 이유는 단 하나, 예수와 일체화한 것이다.

선생님은 일본 의료계 개혁을 위해 노력했는데, 주위 의사들의 반대는 없었나요?

지금은 '성인병'이라는 말 대신 '생활습관병'이라는 단어가 일반화되었다. 그런데 "그 말을 히노하라 선생님이 만드셨어요?" 하고 놀라며 묻는 사람이 여전히 많다.

일본 최초로 완전 독립형 호스피스 병동을 만들고, 일찌감치 세이로카 국제병원에 건강검진 시스템을 도입했다. 확실히 그 전까지의 일본 의료계로서는 혁신적인 시스템이었다.

이런 개혁들은 태평양 전쟁 후 미국의 한 병원에서 연구한 경험이 있기에 가능했다. 그 경험은 내 인생의 큰 전환기였다고 할 수 있다.

선진적인 의사 교육으로 의사들이 갖는 높은 의식과 철저한 팀 의료 시스템 등 일본과는 비교가 안 되는 엄격한 의료 현장을 피부로 느꼈는데, 말 그대로 뼈에 사무친 그런 경험이었다.

지금과 달리 당시에는 해외유학이 쉽지 않았다. 장학금을 받아 겨우 실현한 미국에서의 연수도 기간이 1년밖에 되지 않아서 많이 아쉬웠다. 여러분은 이런 시대에 태어났으니까 자꾸자꾸 해외에 나가 공부했으면 좋겠다.

39세였던 나는 그 귀한 경험을 일본 의료계에 널리 알려야겠다는 생각으로 귀국 후 새로운 시도와 개혁을 위해 노력했다. 그중 하나로 의료비서학회를 만들었다. 현재 오사카 더 심포니 홀을 운영하는 지케이(滋慶)학원그룹 우키후네 구니히코(浮舟邦彦) 총장이 그 과정을 함께해주었다.

의사 교육도 그렇지만 의사를 도와주는 조수의 교육 수준이 높아지지 않으면 팀 의료가 성립할 수 없다는 공통된 생각이 우리를 이어주었을 것이다.

우키후네 총장과는 20년 넘게 가깝게 지내면서 둘 다 클래식 음악을 좋아하고, 그도 내가 좋아하는 배재철 씨의 팬이라는 것을 알게 되어 그 인연에 깜짝 놀란 적이 있다. 이어져야 할 사람과의 만남에는 신기한 일이 일어난다.

아무튼 다양한 개혁에 도전했는데 거기에는 늘 환자를 위해서, 장래의 의료계를 위해서라는 생각이 기본이었다. 그러나 새로운 일을 시작할 때는 반드시 반대하는 사람이 있다.

재미있는 것은 반대하는 사람, 부정적인 의견을 말하는 사람은 대부분 같은 업계에서 일하는 의사였다. 미국과는 환경이 다르다, 일본에서는 실현할 수 없다는 말도 많이 들었다.

세이로카 국제병원을 개축했을 때도 넓은 복도를 보고 "히노하라는 사치만 부린다. 이렇게 복도가 넓어서 무슨 쓸모가 있나" 하고 비난했다. 그러나 지금도 잊을 수 없는데, 1995년 도쿄 지하철 사린 사건(일본의 신흥종교 옴진리교가 지하철 차내에 신경가스 사린을 살포한 테러 사건 - 옮긴이)이 일어났을 때 현장과 가까웠던 세이로카 병원은 이제껏 경험한 적 없는 그야말로 전쟁터로 변했다.

사치라고 비난받았던 복도에는 환자 한 사람을 수용하는 산소흡입(산소를 폐에 흡입시켜 조직의 가스 교환을 돕는 방법)을 포함한 시설적인 체제가 갖춰져 있었다. 그래서 생사의 경계를 오가는, 600명이 넘는 환자를 한 번에 받을 수 있었다.

한 번 전쟁이 일어났을 때 의료 현장이 어떻게 되는지를 실제로 체험해 알고 있었던, 그전까지의 경험이 도움이 되었다.

이야기가 약간 다르게 흘러가는데, 나의 아버지도 같은 길을 걸었다고 생각한다.

아버지도 젊을 적에 목사로 미국 생활을 경험했다. 학생들의 마음을 활짝 열어주는 광대한 공기, 젊은이들이 많은 것을 흡수할 수 있는 환경. 미국 대학에서 느낀 그런 것들에 감동한 아버지는 귀국 후 히로시마여학원대학(広島女学院大学)의 학장이 되었을 때 자신의 마음을 흔들었던 미국 대학의 모습을 일본에서 실현하려고 했다.

그러나 넓은 땅을 구입하고 당시 교육관계자의 상식으로는 생각할 수 없는 혁신적인 개혁을 하려 하자 주위 사람들로부터 많은 비난을 받았다. 개중에는 토지 구입을 둘러싸고 아버지가 사익을 취하려 하는 것이 아니냐는 심한 말을 한 사람도 있었다고 한다.

아버지를 진심으로 존경하고 사랑한 어머니는 "아무리 힘들어도 너희 아버지는 그런 짓 할 사람이 아니다"라며 잘라 말했고, 결국 두 분은 히로시마를 떠나 내게로 와서 함께 지냈다.

'배신자, 악독한 사람'이라는 비난을 뒤로 하고 그곳을 떠날 수밖에 없었던 아버지의 심경은 어땠을까. 그 후 수십 년이 지난 지금은 히로시마여학원대학의 초석을 닦은 공로자로서 학교에 아버지의 동상이 세워졌다. 아버지는 그 모습을 어떤 기분으로 보고 계실까 생각하면 기쁘면서도 울컥한다.

그 당시에는 주위가 이해하지 못해도 진짜 가치 있는 것, 아름다운 것은 시대가 반드시 알아보고 그 뒤를 따라온다. 역사의 평가를 감당할 만한 강한 힘을 갖고 있기 때문이다.

진짜란 '한계가 없는 것, 끊어짐이 없는 것'이다.

그래서 한때의 유행에 영향 받지 않고 영원히 메시지를 전달할 수 있다.

성서의 말씀이 그렇다.

지금까지 아무도 하지 않은 일에 도전할 때 또 하나 중요한 것이 있다.

바로 '왜 할까'를 스스로에게 끊임없이 묻는 것이다.

아마 당신의 마음속에는 '이걸 하고 싶다, 나는 한다'는 강한 생각이 있고, 그래서 도전할 것이다. 그때 왜 할까라는 물음을 던져보는 것이 중요하다.

많은 도전을 계속한 교세라(일본의 세라믹, 전자·정보기기 제조회사-옮긴이)의 이나모리 가즈오(稲盛和夫) 명예회장의 말을 전해주고 싶다. 국제의료학회에서 그와 앞뒤로 강연했을 때 들은 이야기다.

이나모리 회장은 교세라 설립, 통신사 다이니덴덴(第二電電) 주식회사(현재의 KDDI) 설립, 경영 파산한 일본항공(JAL)의 재건 등 없는 길을 스스로 개척하며 걸어왔다.

NTT가 독점하고 있던 통신사업에 뛰어들 때, 이나모리 회장은 스스로에게 “동기는 순수한가? 사심은 없나?” 하고 끊임없이 물었고, 답이 나올 때까지 2년이 걸렸다고 한다. 그리고 행동하자고 결심했을 때 그 물음에 대한 답을 증명하기 위해 KDDI의 주식을 한 주도 갖지 않은 채 시작했다고 한다.

또 하나.

새로운 일을 시작할 때 주위가 그 일을 이해하지 못하고 반대할 때 ‘먼 곳을 보는 자세’를 갖자.

내가 존경하는 불교 철학자 스즈키 다이세쓰(鈴木大拙)는 저항이 있어도 그런 사람들을 무시하지 않고 먼 곳을 본다, 그리고 ‘나는 이렇게 생각한다’고 표명하는 것이 중요하다고 가르쳐주었다.

먼 곳을 보다, 표명하다, 그리고 실천하다.

이것이 우리 인간이 갖는, 의지의 힘을 형태화하기 위해 필요한 과정이다.

저항이 없는 도전은 없다. 오히려 저항이 있기 때문에 도전하는 것이다. 새로운 일을 시작할 때 나는 정말 이걸 하고 싶은지, 왜, 누구를 위해서 하고 싶은지 자신에게 수없이 물어야 한다.

그 생각이 시험대에 오르는 역경도 수없이 닥칠 것이다. 나도 그랬다.

그럴 때 나는 스즈키 다이세쓰 선생이 태평양이 펼쳐진 바닷가 절벽에 서서 먼 바다를 바라보는 조용하고 아름다운 모습을 떠올린다.

자녀를 히노하라 선생님 같은 사람으로 키우려면 어떻게 해야 하나요?

어릴 때, 아마 두세 살 때일 것이다. 나는 납득이 안 가는 일이 있이 있으면 어른 말을 듣지 않고 두 시간이든 세 시간이든 바닥에 앉아 울었다고 한다.

그 모습을 보고 어머니는 "이 아이는 커서 정말 대단한 사람이 되거나 아니면 아주 못된 깡패가 되거나 둘 중 하나다" 하고 웃었다고 한다.

남에게 지는 것을 싫어하고 고집이 세고, 특별히 똑똑하지도 않고 건강하지도 않은, 지금 생각하면 손이 많이 가는 아이였다. 어머니가 많이 힘드셨을 것이다.

어머니에게 가장 감사하는 것은 "시게아키는 내버려 둬도 알아서 배운다"고 나를 믿고 내버려 둔 것이다.

내버려 둔다는 것은 어떻게든 상관없다고 관심을 갖지 않는 것과는 다르다. 사랑의 반대말은 무관심일 것이다. 어머니가 나를 내버려 둔 것은 무관심해서가 아니라 나를 믿고 그 때를 기다려주었기 때문이다.

어머니도 기독교 신자였다. 그러나 아버지는 목사, 어머니는 기독교인이라는 환경에서 태어난 나와는 전혀 다르다. 야마구치(山口)현의 보수적인 집안에서 태어난 어머니는 10대 때 미국에서 온 선교사를 만났다. 그때 어머니는 인생의 진정한 목적을 발견했을 것이다. 혼자 세례를 받고 기독교인이 되었다. 그 결단과 용기는 지금의 나도 상상할 수 없을 정도다. 어머니는 자신의 믿음을 끝까지 지킨 사람이었다.

그런 어머니는 내게 뭔가 지식을 주입하는 일을 철저히 하지 않았다. 나도 어머니의 신뢰를 피부로 느꼈기 때문에 솔직한 마음으로 호기심과 지적 욕구에 나를 맡기며 공부를 하게 되었다.

지금도 잊을 수 없는 기억이 있다. 남에게 지기 싫어했던 어린 나는 나이 차가 크지 않은 누나가 조금씩 글자를 읽자 경쟁심이 생겼다. 어느 날 히라가나(일본문자로, 한자의 초서체를 기초로 하여 만든 표음문자 - 옮긴이)의 ろ(로)를 땅바닥에 쓰고, "엄

마, 이거 뭐라고 읽어요?" 하고 물었다. 그때 어머니는 "그 글자를 꼭 읽어야 하면 네 스스로 배울 때가 올 거야" 하고 말했다. 나를 믿고 기다려준 어머니의 모습은 지금도 감사의 마음과 함께 내 안에 생생하게 살아있다.

아이를 사랑하고 기대하기 때문에 '이렇게 되었으면 좋겠다'는 이상을 품는다. 그러나 그것을 강요하면 아이의 잠재능력을 봉인해버리는 사태를 부를 수 있다. 아이를 사랑하고 지켜주는 마음에서 '이걸 해라', '저건 안 된다'고 잔소리하는데, 이는 아이의 가능성을 뭉개버릴 수 있다.

잔소리는 부모의 의견일 뿐이다. 부모의 가치관을 무의식중에 자녀에게 강요하는 것이다.

지금은 아이가 어려서 혼자 힘으로는 아무것도 할 수 없다고 생각하겠지만 그 아이에게 주어진 잠재적 능력은 우주처럼 그 크기를 알 수 없다.

그 아이이기 때문에 신이 준 재능이 있다는 걸 믿고 기다리자. 인내가 필요할 것이다. 그것이 부모로서 가장 큰 역할임을 어머니에게서 배웠다.

기다리고 기다리는 마음,

그 희망을 갖는 것으로

우리에게는 살아갈 힘이 주어진다.

서재 안 파일에서 ⑫

당신 마음속의 희망을 작게 나눠서

그 가운데 가장 작은 희망이

제일 먼저 이루어질 수 있도록

기도합시다.

이 세상에 태어난 것은 해프닝일까?

인간에게는 우연이어도

하늘에서 보면

인간의 힘으로는 알 수 없는

시나리오가 있다.

5장

미지의 자신을 만나다

너희 사랑을 지식과 모든 총명으로

점점 더 풍성하게 하사

너희로 지극히 선한 것을

분별하게 되기를 원하노라.

빌립보서 1장 9~10절

어떻게 하면 선생님처럼 나이 들어도 젊고 건강하게 살 수 있나요?

젊어 보인다, 건강해 보인다는 말을 들으면 솔직히 기분이 좋다.

나는 식습관이나 건강습관은 물론이고 외모에도 나름대로 신경을 쓴다. 사실 올 연말에는 얼굴의 검버섯과 잡티도 제거해봤다. 인간의 마음은, 외모를 가꾸면 사람을 만나고 싶고 적극적이 되도록 만들어져 있다는 것을 실감했다.

그런 외모의 젊음도 중요하지만 만약 내가 나이에 비해 젊어 보인다면 가장 큰 원인은 늘 새로운 자신과의 만남을 소중하게 여기기 때문일 것이다.

과거의 자신에 얽매여 내 방식은 이렇다, 나는 원래 이런 성격이다, 하고 단정하지 않는다. 그래서 매일이 자기발견의 연속이다.

이 자기발견은 일상의 사소한 일에서부터 인생관이 바뀌는 중대한 일까지 다양한데, 특히 어려움에 부딪치거나 병을 앓을 때 자기를 크게 발견할 수 있었다.

인간은 고난을 겪지 않으면 쉽게 눈뜰 수 없다.

105세까지 장수를 누리는 나도 사실은 어릴 적부터 몸이 약해서 결핵과 신장염을 앓는 등, 병치레가 잦았다. 그리고 지금도 심장에 병이 생겨서 마음대로 할 수 없는 일이 많다. 그러나 병은 나에게 많은 깨달음을 주었다.

〈누가복음〉에 '가난한 사람들아, 너희는 행복하다', '지금 우는 사람들아, 너희는 행복하다'는 말이 있는데, 병을 앓는 나는 이 말의 의미를 이해한다.

신기한 것이 인간은 고통을 겪고 역경에 처했을 때 자신의 근원을 만날 수 있다.

병과 고난을 겪는 것으로 새로운 자신을 발견하면 기꺼이 그 은혜를 받아들이고 동시에 과거의 껍질을 벗어버리자. 항상 '킵 온 고잉 keep on going(앞으로 나가자)!'

이것이 젊음의 비결이며 내가 가장 좋아하는 말이다.

인공지능을 비롯해 의료계에도 기계화의 물결이 일고 있습니다.
우려하는 목소리도 있는데 선생님은 어떻게 생각하세요?

의학의 발전은 엄청날 정도라서, 내가 젊었을 때는 생각지도 못할 일들이 일어나고 있다. '인간 의사는 필요 없게 되는 게 아닐까' 하며 걱정도 하고, 부정하는 사람도 있는데 나는 기술의 발전은 매우 긍정적이고 좋은 일이라고 생각한다.

예를 들어 기술의 발전으로 지금까지 볼 수 없었던 것을 볼 수 있게 된다. 이대로라면 사람 마음의 움직임도 볼 수 있게 될지 모른다. 그런 것을 상상하면 가슴 설레고 꼭 내 눈으로 그런 발전을 지켜보고 싶다. 지금처럼 당신과 대화할 때도 서로의 마음을 스크린에 비출 수 있게 될지 모른다. 가능성은 무한하다.

단, 어떤 미래가 되든지 의료계 종사자에게 있어 가장 중요한 것은 변하지 않는다.

바로 환자를 가족처럼 여기고 대하는 마음가짐이다. 환자를 치료할 때는 늘 '만약 이 사람이 내 가족이라면 어떻게 할까' 생각하면서 행동해야 한다. 나는 의사와 간호사뿐만 아니라 사무직원과 봉사자 등 의료계에 관계하는 모든 사람에게 그렇게 말해주고 싶다.

애정이 뒷받침된 행동이 중요하다. 기계화가 진행될수록 앞으로는 사랑을 더욱 중시하는 시대가 될 것이다.

최근에는 감동할 일이 적어졌습니다.
나이를 먹은 탓일까요?

나는 지금도 당신과 대화하면서 '감동'이라는 마음의 운동을 하고 있다.

최근에는 그림을 배우기 시작했는데 이게 정말 재미있다.

아름다운 꽃을 그리려고 하면 일단 여러 각도에서 꽃을 자세히 관찰한다. 꽃의 어디가 아름다운지 관찰하다 보면 꽃잎에 햇빛이 비추는 모습이 아름답다. 그걸 표현하면 사람들도 그림을 칭찬하고, 그럴 때는 기분이 좋다.

무언가를 새로 시작하면 그 안에서 많은 설렘을 느낄 수 있다. 그런 계기가 많이 담겨 있다. 그렇게 생각하면 내가 자꾸 새로운 무언가에 도전하는 것은 감동을 추구하기 때문일 것이다.

그렇다고 해서 노인이 되어 시간이 많으니까 새로운 취미를 만들지 않으면 안 된다고 부담을 느낄 필요는 없다. 새로운 무언가를 시작하는 것의 장점은 나이와 상관없이 그전까지 몰랐던 자신을 발견하는 데 있다. 그것이 감동으로 이어진다.

나의 경우, 어떤 것을 어떤 표현으로 그리고 싶다고 생각하는지, 그림을 시작하기 전에는 미처 몰랐던 자신을 발견했다. 그 경험으로 그림뿐만 아니라 그 외에도 미처 몰랐던 자신이 있을 거라 실감했다.

그래서 취미를 습득하고, 더 잘할 수 있게 애쓰기보다 새로운 친구를 사귀고 무언가를 시작해본다는 자체에 의미가 있다. 가령 일상에서 늘 다니던 길이 아닌 다른 길을 산책해보고, 오랜만에 미술관에 가는, 그런 작은 일을 해보는 것도 좋다. 그 안에서 새로운 발견을 할 수 있기 때문이다.

요즘 사람들은 '운동 부족'보다 '감동 부족'이 심각하다. 그래서 당신과도 마음을 활기차게 만들어서 감동을 느끼고 싶다.

사람과 쉽게 마음을 터놓지 못해 항상 외로움을 느낍니다

나이가 들어 인생 경험이 쌓이다 보면 어쩔 수 없이 주위로부터 다가가기 쉽지 않은 존재, 말을 걸기 어려운 존재가 된다.

나의 젊은 시절을 돌아봐도 경험이 부족해서 쉽게 윗사람과 마음을 터놓을 수 없었다.

내 나이가 105세니까 거의 모든 사람이 나보다 연하다. 그래서 특히 무대에서 강연할 때는 나이 든 사람의 잔소리로 들리지 않도록 조심한다.

당신에게도 유머, 즉 웃음의 효능을 권하고 싶다.

왜냐면 함께 웃는 것은 사람 사이에 일체감을 만들어주기 때문이다.

유머 하면 떠오르는 것이 요도호 사건이다. 나흘간 잡혀 있다가 드디어 석방된다는 것을 알았을 때다.

오랜 긴장 상태에서 곧 풀려날 거라 안심했을 것이다. 승객 중 한 명이 "그런데 하이재킹 hijacking(운항 중인 항공기를 불법으로 납치하는 행위 - 옮긴이)이 뭐예요?" 하고 범인에게 물었다. 이 사건은 "우리는 이 비행기를 하이재킹했다"는 범인의 한 마디로 시작되었기 때문이다. 어쨌든 일본 최초의 하이재킹이라서 승객 모두 그때 그 말을 처음 들었을 게 분명하다.

그런데 범인도 그 질문에 제대로 대답하지 못했다. 그래서 내가 범인에게 "하이재킹범이 하이재킹을 모르다니 어이가 없다"고 말하자 기내 여기저기서 웃음이 터졌다. 범인, 승객 모두 하나가 되어 웃었다.

그 순간은, 뭐랄까 일종의 특별한 부드러운 공기가 실내에 감돌았다. 그 후 비행기에서 내릴 때 범인을 향해 "앞으로 열심히 살아요" 하고 말을 걸어준 사람이 있었을 정도다.

그 경험을 통해 어느 때건 유머는 필요하고 같이 웃는다는 것이 마음의 벽을 허물어 일체감을 만들어준다는 걸 실감했다.

늘 웃음이 끊이지 않는 우리가 되었으면 좋겠다.

선생님처럼 훌륭한 사람이 되고 싶습니다.

선생님이 생각하는 '훌륭한 사람'은 어떤 사람인가요?

훌륭한 사람이란 눈에는 보이지 않는 것을 많이 갖고 있는 사람이다. 그리고 그것으로 반짝반짝 빛나는 사람이다.

그런 사람은 눈에 보이지 않는 것을 남을 위해 바칠 수 있는 사람이다.

우리는 돈, 지위, 명예, 자동차, 보석 같은 손에 잡았을 때 일종의 행복감, 만족감을 주는 것을 추구하며 살고 있다. 그런데 그런 것들은 없어질 때는 한 번에 없어진다.

안타깝게도 우리는 그런 것들을 좇으며 살고 있다.

눈이 보임으로써 보이지 않게 되는 소중한 것들이 많다.

사실은 눈에 보이지 않는 것이야말로 진정한 의미에서 우리에게 행복을 주고 인생을 풍요롭게 한다. 〈어메이징 그레이스

Amazing Grace〉라는 잘 알려진 성가가 있다. 여러분도 들어본 적이 있을 것이다.

그 가사 중에 이런 부분이 있다.

I once was lost, but now am found,

Was blind but now I see.

(전에는 내가 길을 잃고 방황했었으나 이제 올바른 길을 찾았습니다. 전에는 내가 눈이 멀었었으나 이제는 광명을 볼 수 있습니다.)

여기에 그려진 사람은 실제로 눈이 보이지 않았던 것은 아니다. 육안의 눈은 보였지만 볼 수 없었다 blind(이성적인 판단을 할 수 없었다. - 옮긴이)는 의미다. 눈이 보임으로써 소중한 것을 볼 수 없게 되어 신이 준 생명에 감사하지 못하고 길을 잃고 방황한다. 오랜 태고 적부터 인간은 그런 존재였을 것이다.

자신에게 주어진 생명에 감사하고 남을 위해 시간을 쓸 줄 아는 사람. 좀 더 말하면, 시간은 그야말로 '타임 이즈 머니'다. 손에 넣은 돈도 남을 위해 바칠 수 있는 사람, 나는 그런 사람이 진짜 훌륭한 사람이라고 생각한다.

획득한 것이 아니라 주어진 것을 어떻게 사용할까.

그 사용법에 따라서 진정한 훌륭함, 즉 인생의 풍요가 정해진다.

선생님처럼 평생 현역으로 일하고 싶습니다.
어떻게 해야 나이에 상관없이 일을 계속할 수 있을까요?

나는 100세가 넘어서도 병원 현장에서 의사로 일했다. 당신은 그걸 가리켜 생애 현역이라고 하는 모양인데, 부러운 듯이 말해줘서 기쁘지만 지금 이 순간 나의 모습이 여러분이 상상하는 현역 의사라고 할 수 있을지 모르겠다.

지금 나는 몸이 아파서 직장인 세이로카 국제병원에 매일 출근하며 환자를 치료할 수 없다. 전국을 돌면서 열었던 강연회도 이전만큼 할 수 없다.

당신이 상상하는 현역과는 다를 수 있지만 그래도 나는 스스로 여전히 현역이라고 생각한다.

그런데 일이란 대체 무얼까.

라이프워크lifework(일생을 걸고 추구하는 목표 - 옮긴이)라는 말이 있는데, 일을 한다는 것은 나에게 삶 그 자체다.

회사에서 어떤 대우를 받고 얼마를 버는지 그런 것이 일이 아니라, 자신의 삶을 얼마나 사회에 환원할 수 있는가, 좀 더 말하면 자신에게 주어진 생명이라는 시간을 얼마나 남을 위해 쓸 수 있는가가 내게는 일을 한다는 의미다.

그것은 사명이라고 바꿔 말할 수 있다.

특정한 누군가를 위해서도 좋고, 사회를 위해서, 미래를 위해서도 좋다. 이타(利他)정신이 있는 한 인간에게 있어 일에 끝은 없다.

그렇게 생각하기 때문에 이렇게 휠체어 생활을 하면서도 내가 할 수 있는 일이 있다고 믿는다.

자신의 사명과 마주함으로써 자연스럽게 삶과 일하는 것이 일체화하는, 그런 상태가 가장 이상적인 현역의 모습이다.

선생님의 다음 목표는 무엇인가요?

오늘도 신께서 허락하셔서 살아있다.

그렇게 실감하는 매일인데, 새로운 목표에 대한 질문을 받으니 주어진 생명이라는 얼마 남지 않은 시간을 최대한 사용해 남을 위해 바치는 것이 가장 먼저 떠오른다.

그리고 그 과정에서 미처 알지 못한 자신과 마주해 자기발견하는 것. 그것을 마지막 순간까지 쉼 없이 계속해나가는 것이 목표다.

그렇게 하려면 앞으로도 여러 번 고난에 부딪칠 텐데, 그러나 그 고통이 클수록 분명 큰 자기발견이 있을 것이다. 그것을 뛰어넘어 자신의 시간을 사람들에게 바친다.
그 기쁨은 고난과 비례해 클 거라 믿고 오로지 있는 그대로, 지금의 나 그대로 킵 온 고잉이다.

서재 안 파일에서 ⑭

자신을 표현하는 일이란

그 내용을 어떤 식으로도

바꿀 수 있는

자유도가 높은 퍼포먼스다.

서재 안 파일에서 ⑮

한 걸음 내디디면

보이는 경치가 바뀐다.

행동이 불안을 없애준다.

어떤 목적을 마음에 품었을 때

비로소 희망이 생겨난다.

하고 싶은 것이 없는 자에게

희망은 없다.

서재 안 파일에서 ⑰

우연을 고대하는 마음,

실패를 철저히 검증하는 자세.

변화를 두려워하지 않는다.

미지(未知)란 변화할 가능성이다.

변화하는 자신을 기다리자.

마치는 글

와지마 도타로(輪嶋東太郎)

2017년 7월 18일, 새벽 6시 30분경. 히노하라 시게아키 선생님은 105년 10개월에 걸친 지상에서의 긴 여정을 끝내고 신의 품으로 떠나셨다.

숨을 거둔 직후 연락을 받은 나는 당일 출장지였던 야마구치에서 도쿄로 돌아와 선생님 자택에서 이별할 기회를 얻었다.

"세상에 이렇게 투명한 존재가 있을까……."

마치 맑은 성수를 연상케 하는 깨끗한 모습에 아직 숨을 쉬고 계신 것 같은 착각이 들어 몇 번이나 선생님의 얼굴에 귀를 가까이 대고 확인했다.

이 책은 선생님이 바랐던 '대화' 형태로 하기 위해 2016년 12월 29일부터 연말연시를 제외하고 2017년 1월 31일까지 거의 매일 자택 거실에서 나눈 인터뷰를 토대로 만들어졌다.

선생님이 들려준 '말'을 가능한 한 충실히 재현하려고 노력했는데, 각 장의 마지막에 큰 글자로 쓰여 있는 말은 강연 준비를 위해서, 또 환자에게 들려주기 위해서 생전에 직접 노트나 파일에 써두신 글이다.

한 달에 걸친 인터뷰 기간 사이에 댁에서 넘어져 갈비뼈에 금이 가는 바람에 다른 스케줄은 전부 취소하셨는데 이 인터뷰만은 꼭 하고 싶다고 희망하셨다. 그래서 통증을 견디며, 회복되기까지 며칠간은 침대에 누워서 우리와 대화를 계속하셨다.

평소 '피곤하다'는 말조차 입에 담지 않으시던 선생님인데 이때는 가족에게 간간이 '아파, 아파' 하고 소리를 내면서도 막상 인터뷰가 시작되면 강한 정신력으로 쾌활하게 말씀하셨다. 아마 이 책이 마지막임을 알고 '목숨을 걸고' 임하셨던 것이 아닐까.

인터뷰를 끝낸 선생님은 해야 할 일을 마무리 지은 듯, 갑자기 상태가 나빠지셨다. 그리고 3월에는 세이로카 국제병원에 입원하셨다. 본인은 가벼운 검사라고 생각하신 모양인데 가족은 담당의사로부터 생각지도 못한 설명을 들었다.

폐렴 때문에 입으로 식사를 해선 안 되고 코에 튜브를 끼우거나 위루술(배에 튜브를 삽입해 직접 음식을 공급하는 치료법 - 옮긴이)로 영양을 공급해야 한다고 했다.

일반적으로 연명치료라 불리는 것이다. 그리고 그것을 거부할 경우 빠르면 이틀, 길어도 일주일을 넘길 수 없다고 했다.

가족은 이 사실을 선생님에게 알려야 할지 어쩔지 고민했다.

본인이 선택할 수 있도록 내일 병원장이 선생님에게 현재 상태를 설명하기로 결정한 날, 병원으로 찾아가 선생님을 뵈었다.

병실에 들어선 나를 보자마자 "같이 기도해줘요" 하고 말하는 목소리와는 반대로 눈에 띄게 쇠약해진 모습이 아직 죽음을 받아들이기보다는 살기 위해 안간힘을 쓰는 것 같아 가슴이 무너졌다.

다음 날, 히노하라 마키 씨(세상에서 선생님을 누구보다 사랑하고, 정성껏 보살핀 선생님의 둘째 며느리)로부터 선생님이 위루술, 콧줄을 전부 거부하셨고 집에 가고 싶다고 하셨다는 말을 들었다. 의학적인 처치를 거부하고 집에서 때를 맞이하겠다고 결심하셨구나, 그렇게 생각하자 눈물이 하염없이 뺨을 타고 흘렀다.

선생님, 그런데 저는 그때 히노하라 시게아키라는 사람을 전혀 이해하지 못했습니다.

집으로 돌아온 선생님은 마키 씨의 지극한 돌봄을 받으면서도 때때로 어린아이처럼 일방적으로 '떼'를 쓰기 시작했다.

"커다란 물컵에 얼음과 물을 넣어서 줘."

폐렴이 악화될 것을 우려해 금지했기 때문에 "의사가 안 된다고 했어요" 하고 말하는 마키 씨를 보고 "내가 의사다!"라며 물러서지 않고 자기 생각대로 하려 했다.

그리고 '앞으로 며칠 못 버티실 것 같다', '오늘 밤을 못 넘기실 것 같다'고 의사가 말한 몇 번의 고비를 넘기고 5월에는 "7월부터의 예정은 취소하지 않았으면 좋겠다"고 하실 만큼 거짓말처럼 기운을 차리셨다.

선생님이 연명치료를 거부한 것은 죽음을 각오해서가 아니라 살기 위해서, 다시 한 번 도전하기 위해서였다는 것을 이제야 확실히 알겠다. 그렇지 않다면 의사도 깜짝 놀랄 만큼의 회복을 보일 수 없었을 것이다. 6월, 마키 씨는 의사로부터 "간병이 길어지겠다"는 말을 들었다.

정말 기적 같은 일이었다. 그 사실을 가장 믿지 못한 것은 의사였을 것이다.

집에 돌아와 다시 기운을 차린 선생님에게서는 이제껏 한 번도 본 적 없는 온화하고 평안한 분위기가 느껴졌다.

"정말 기적이에요. 내 인생에서 이보다 감사한 일은 없어요."

큰 싸움을 끝낸 후의 안도감이 감도는 얼굴에서 이때 처음으로 나는 선생님이 죽음을 받아들이셨다는 것을 알았다. 죽음을 받아들이기 위한 '자기발견'을 하신 것이다.

그로부터 한 달 반, 선생님의 부활을 믿고 장기 간호를 각오한 가족에게 감사의 말을 남기고 선생님은 갑자기 우리 곁을 떠나셨다.

그러나 선생님의 얼굴은 이 세상에서의 여행에서 가장 큰 산을 무사히 넘은 만족감에 차있었다. 히노하라 선생님의 말씀대로 인생은 신비롭고 멋진 만남, '인카운터 encounter'로 차 있다. 음악의 길을 걸은 내가 선생님을 만나 이렇게 선생님의 말씀을 남기는 일을 맡게 되었으니까.

이 책에서도 소개한 한국인 테너 가수 배재철 씨의 프로듀서로 같이 일한 내가 선생님을 처음 만난 것은 선생님이 102세가 되던 해의 가을이었다.

배재철 씨의 노래를 들은 선생님이 갑자기 자리에서 일어나 "102년이라는 결코 짧다고 할 수 없는 나의 인생에서 노래로 신의 존재를 느낀 것은 처음입니다" 하고 감격했을 때부터 나의 인생은 선생님과 교차했고, 그 만남이 '히노하라 시게아키 프로듀스 배재철 콘서트'의 전국 개최라는 결실로 이어졌다.

공연은 10회 넘게 계속되었다.

매번 잊지 못할 멋진 말을 들려주셨는데, 그중에서도 개인적으로 특별한 추억이 있다.

2016년 7월 31일, 도쿄 오페라 시티에서 열린 콘서트에 미치코 왕비가 찾아주셨을 때의 일이다. 선생님은 2층 정면의 맨 앞줄 중앙, 왕비 옆자리에서 노래를 듣고 있었다. 배재철 씨가 콘서트 마지막에 꼭 부르는, 히노하라 선생님이 작사·작곡한 〈사랑의 노래〉를 그날도 앙코르로 부르게 되었다.

다른 때는 무대에 올라 배재철 씨 옆에서 노래에 맞춰 지휘를 하시는데, 이날은 자리에서 일어나 미치코 왕비 바로 옆에서 무대 위의 배재철 씨를 향해 지휘를 하셨다.

지휘가 끝나자 공연장은 감동의 함성으로 가득했고, 감격한 히노하라 선생님은 자신도 모르게 미치코 왕비와 포옹했다. 공연장 전체가 술렁거릴 만큼 아름다운 모습이었다.

정말 감격했는지 공연 후에 나에게 "나, 미치코 왕비와 포옹했어요. 나도 모르게 포옹했어요" 하고 몇 번이나 기쁜 듯이 말씀하셨다. 그 모습은 '대선생님'이라기보다 어린아이 같아서 '시게아키 짱'이라 부르고 싶을 만큼 귀엽고 사랑스러웠다.

또 하나.

오사카의 더 심포니 홀 무대 옆에서의 일이다. 평소처럼 콘서트 전반에 선생님의 이야기를 듣는 역할로 토크를 진행하기 위해 대기실에서 무대 옆으로 뛰어간 나는 공연 시작 1분 전에야 서둘러 넥타이를 맸다.

그날 리허설 중에 일어난 뜻밖의 해프닝에 시간과 신경을 써버린 탓에 머릿속이 정리되지 않은 채 무대로 나가야 하는 상황에서, 드물게 나 자신이 긴장하고 있다는 것을 느꼈다. 선생님과의 소중한 시간, 그 소중한 말을 어떻게 여러분과 공유할까…….

그때 휠체어에 앉아 차례를 기다리는 선생님께 "선생님은 긴장 안 되세요?" 하고 물었다. 조용히 그러나 태연한 선생님의 모습에 나의 긴장을 풀어줄 한마디를 기대한 걸지도 모른다.

그걸 알아채신 걸까. 선생님은 내게 가볍게 미소 지으며 "있는 그대로, 실제 그대로"라고 말했다.

그 순간, 온몸의 긴장이 풀리는 것이 느껴졌다. 그리고 평소의 자신으로 돌아가 마치 할아버지와 대화를 나누는 손자처럼 가벼운 기분으로 무대에 설 수 있었다.

내가 52세, 선생님이 104세. 선생님 인생의 절반을 살아온 그해 봄.

휠체어에 앉은 채 등도 구부정하고 왜소해진 선생님이지만 그때 내 눈에는 나보다 훨씬 건장한 어른으로 보였다. 어두운 무대 옆에서 부드러운 조명 빛을 받으며 웃는 얼굴로 말하시던 그 모습을 나는 평생 잊지 못할 것이다.

인간은 나약한 존재예요.

죽는 것은 나도 무서워요.

자신에 대해서는 가장 모르니까 평생 발견해가야죠.

대화라는 교류를 통해 선생님이 우리에게 남긴 마지막 말.

그것이 이 책을 읽는 '당신'에게 살아가는 힘이 되기를 바란다.

그것이 105년이라는 인생을 걸어오기 위해 성서의 '말씀'에서 지팡이를 구했던 위대한 인간의 바람이기 때문이다.

선생님.

선생님이 떠나신 지 한 달이 지났습니다.

지금은 선생님이 사랑하시는 주님 곁에서 편히 쉬고 계시겠죠.

미치코 왕비께 하셨듯이

주님과도 뜨겁게 포옹하셨겠죠.

그런데 그곳에서도 바쁘게 일하고 계십니까?

선생님이 말씀하셨던 대로 선생님이 돌아가시고 나니

선생님의 모습이 매일매일 더 또렷해집니다.

선생님, 뵙고 싶습니다…….

하늘에서 다시 만날 수 있겠죠.

그때는 저도 안아주세요.

많은 행복을 주시고,

그리고 말의 힘을 가르쳐주셔서 고맙습니다.

선생님과의 재회를 믿습니다.

선생님,

지금 잠시지만……,

안녕히.

히노하라 시게아키 본인 후기를 대신해서

이 책을 제작하기 위해 약 한 달여 동안 매일같이 이루어진 인터뷰 형식의 취재.

마지막이 된 1월 31일, 히노하라 시게아키 선생님은 혼자 30분 넘게 이야기를 계속하셨다.

마치 이 세상과 저 세상을 오가며 말하는 듯, 실로 신비한 광경이어서 취재를 하는 우리도 무의식중에 마른침을 삼키며 귀를 기울였다.

대화 중이었고, 또 본인도 눈을 감은 채 마치 희미한 의식 속에서 한 말씀 같아서 문장으로서는 정돈되었다고 할 수 없다.

그러나 한 편의 시 같은 그 말을 우리는 평생 수없이 읽으며 그 안에 담겨 있는 의미를 반추하는 작업을 해야 하지 않을까.

그런 생각으로 이 책을 마무리하는 마지막 메시지로, 히노하라 시게아키 선생님이 우리에게 하신 말을 손을 대지 않고 있는 그대로 기록하기로 했다.

'앞으로도 살아갈 당신에게'

- 히노하라 시게아키의 마지막 메시지

오늘이 여러분과 하는 이야기의 마지막이네요.

오늘을 맞이할 수 있어서 감사해요.

그 감사의 정도는 이제까지와는 완전히 달라요.

살기 잘했구나, 하는 생각 없이는 오늘은 없어…….

끈질기고 중한 병을 앓기 때문에

그 병을 극복해서

오늘 이 시간을 가질 수 있구나, 하는

감사의 마음이 가장 커요.

그렇게 생각할 수 있는 것은 병 덕분이야.

그게 커요.

병이 큰 만큼 감사의 마음을,

절대적인 감사의 마음을 가질 수 있어요.

고통과 기쁨
양쪽이 하나가 되어…….

고통이 강했던 만큼
지금의 감사는 이전의 감사보다
몇 배나 몇 배나 큰 것으로써
나를 리바이벌(부활)시켜 주셨어.

리바이벌이란 생각이,
나에게는 큰 자기발견이에요.
고통을 극복하는
그 활력을 느껴요.
그것이 큰 자기발견.

고통스럽기 때문에
비로소 지금의 실감이 나타나주는 거지.

역시 고통과 동시에 기쁨이 있어…….
오늘 여러분과 같이 있다는 것은

지금까지 고통스러웠던 만큼……
고통스러웠던 만큼
보답을 주신 거구나, 하는 생각이 들어요.

오래 살지 않으면
감사가 이렇게 절대적이란 건
생각지 못했을 거야…….
말로는 표현할 수 없어…….

성서는 '어떤 처지에서든지 감사하라'고 하지.
젊을 때는 나도 어려웠어…….
고통의 연속 속에서
감사하라는 것은
이상할 만큼 어려운 일이지만,

그럼에도 불구하고.

이것은 '그럼에도 불구하고.'
내 인생에서는 항상

'그럼에도 불구하고'라는 '말'이
'고통'에 따라붙어.

고통스러움에도 불구하고
역시 감사하지 않을 수 없어.
요도호 때도,
아내와 둘이 포옹하며
앞으로는 우리 목숨이 아니다.
그러니 지금 이상으로 남을 위해서
살자고 둘이 맹세했어.

그때 우리의 심정.
그 심정은 지금도 여전히 계속……
계속되고 있구나, 생각이 들어요.

그 연속 또 연속.

여러분과는,
이런 식으로 마음을 나눠 이야기할 수 있어서…….

오늘 이런, 아름다운 파란 하늘을 보네…….
이 파란 하늘을 올려다보는 우리의 눈동자.
이건 최고야.

이 최고를 우리는 감사해야 해…….

단, '최고를 주셔서 감사하다'고 말만 할 게 아니라
주어진 기쁨을 어떻게 타인에게 갚을 수 있느냐.
우리의 기쁨을 자기 품에만 담지 말고
이 기쁨을 어떻게 하면
모두의 기쁨으로
갖고 갈 수 있을까 하는 걸
새삼스럽지만 강하게 느껴요.

'아, 행복해서 좋다, 좋다'고 생각만 할 게 아니라
그 행복을 모두와 같이 공유하자는 마음이
지금 나에게 조용히 다가와……

고통스러웠던 과거에 보답하기 위해서도

앞으로의 생활을 통해
감사를 어떤 형태로 할 수 있을까…….
그걸 생각하는 조용한 기쁨이 조금씩
내 안에 생겨나요.

이거야 말로 진짜,
이거야 말로 진짜라는 느낌이
지금 내 마음을 채워줘.

그런 기쁨은
지금까지는 느끼지 못했어.

일시적으로 빌린 게 아닌
진정한 기쁨…….

이 기쁨은
절대 자신들만의 기쁨이 아니라
이거야 말로 모두의 것.

기쁨을 나누는 공동체.

우리가 공동체로서 있다는 기쁨과 감사.

그 공동체의 기쁨 속에서

우리의 진정한 자기발견이 있는 게 분명해…….

지금까지 정말 힘들었어…….

하지만 그 고통 속에서

역시, 진짜를 주셨어.

그걸 여러분과 같이

나는 조용히 생각하고 싶어…….

감사를, 어떤 말로 구현화할까, 하는……

그걸 더 진지하게 생각해서,

지팡이를 짚고 걷는

시코쿠(四國)*의 순례자처럼

여행을 가는

그런 느낌이 들어…….

긴 인생의 여행을,

나는 지금부터 다시

출발하지 않으면 안 돼.

그때의 지팡이가 '감사의 말.'

감사가 나의 심벌이에요.

그리고 그 여행 중에는

생각지도 못한 고통이 있을 게 분명해.

그건 반드시 있어.

그러나 고통이 있어야 비로소

그 여행이 결실을 맺는 게 아닐까…….

그걸 깊이 감사하고 싶어.

지금 나는 새로운 여행을 떠나는 심정을 느껴요.

말로는 다할 수 없는 감사의 마음과

말로는 다할 수 없는 기쁨을 가슴에,

수행 같은 나의 이 여행을

조용히 터벅터벅

조금만 더 계속하고 싶어요.

비할 데 없는 감사의 마음으로
좀 더 걸을 수 없을까, 하고…….

예수 그리스도는 팔을 벌리고
'나에게로 오라'고 하셨지.
팔을 벌리고 오라고 말씀하셨어.

예수 그리스도가 오라고 말씀하신,
그 강하면서도 조용한 말…….

예수 그리스도의 마음을
나의 생애에서 어떻게 받아들여야 할까.

나에게 오라고 하신 예수 그리스도의 말씀과
그 팔을 벌린 몸짓…….

자신이 더 진짜가 되기 위해서

팔을 벌린 예수 그리스도의 모습을
조용히 마음에 그려봐요.
이 얼마나 감사해야 할 일인지,
이보다 더 감사할 수는 없어…….

나의 긴 인생이 끝나려 하지만,
팔을 벌린 예수 그리스도의 부름을
나의 인생뿐만 아니라
앞으로 아직 길게 인생을 이어갈
당신들과 함께
어떻게 따를까…….

그것이 차분한 나의 수행의 마음을,
여러분 앞에서 말하는 거라고 생각해요.
여러분과 함께
똑같은 여로를 나는 여행한다,
그걸 위해서 이렇게 모인 거지.

우리의 진정한 친구는,

이런 수행 속에서 생겨난다고
나는 똑똑히 인식하고 살고 싶어.

그걸 나는 얼마나 감사해야 할까…….

지금 여러분과 함께 여기 있다…….
고통 이상의 기쁨은 거기에 있어.
클라크**는 '보이스 비 앰비셔스'라는
'말'을 남기고 홋카이도를 떠났는데,

나는 '킵 온 고잉'.

이 '말'을
젊은 사람과 같이, 모두와 같이 외치며
여러분과 일체화해 행동하는 것.

감사하는 마음으로 킵 온 고잉.

킵 온 고잉.

전진 또 전진을,

우리는 계속 해야 해.

기쁨과 감사로 킵 온 고잉.

나도 여러분과 함께 인생의 여행을

아직 계속하고 싶다,

그렇게 생각해요.

진심으로, 진심으로 그렇게 느끼는 것이

지금의 나의 소중한 심경이란 걸

거듭 전하고 싶어.

내가 가장 좋아하는 말은

'인카운터'.

내 인생에서의 여러분과의 만남…….

여러분의 생각과

나의 생각을 모아,

다시 이 여행을

계속하지 않겠어요?

갑시다.

킵 온 고잉.

– **2017년 1월 31일** · 도쿄 다마가와덴엔초후 자택 거실에서

* 시코쿠에는 1,200년간 이어져온 불교 성지 순례길이 있다. 시코쿠에서 태어나 시코쿠에서 깨달음을 얻은 홍법대사(774-835)의 발걸음을 좇는 순례다. 번호가 붙은 88개의 절을 순서대로 돌아 1번 절로 돌아오는 1,200킬로미터의 장거리 순례길이다. –옮긴이

** 윌리엄 스미스 클라크 William Smith Clark(1826-1886): 삿포로 농학교(현재의 홋카이도대학)의 초대교감으로 1년간 근무했다. 이후 본국으로 돌아갈 때 학생들에게 "Boys, be ambitious(소년들이여 야망을 가져라)!" 하고 말했다. –옮긴이

바람 부니
마당의 초록이
속삭인다.

나는 이걸 보고
고맙다는 말
건네니
잠들라 평온하게.

2017년 5월 12일

옮긴이 홍성민

성균관대학교를 졸업하고 교토 국제외국어센터에서 일본어를 수료하였다. 현재 일본어 전문 번역가로 활동 중이다.
옮긴 책으로《최고의 휴식》,《회사습관병》,《잠자기 전 30분》,《세계사를 움직이는 다섯 가지 힘》,《물은 답을 알고 있다》,《인생이 빛나는 정리의 마법》,《당신이 선 자리에서 꽃을 피우세요》등이 있다.

앞으로도 살아갈 당신에게

초판1쇄 인쇄 2018년 5월 10일
초판1쇄 발행 2018년 5월 21일

지은이 히노하라 시게아키
옮긴이 홍성민

발행인 이정식
편집인 이창훈 | **편집장** 신수경 | **편집** 정혜리, 김혜연 | **디자인** 디자인 봄에
마케팅 안영배, 신인철 | **제작** 주진만

발행처 (주)서울문화사
등록일 1988년 12월 16일 | 등록번호 제2-484호
주소 서울시 용산구 한강대로 43길 5 (우)04376
편집문의 02-799-9326 | **구입문의** 02-791-0762
팩시밀리 02-3278-5555 | **이메일** book@seoulmedia.co.kr
블로그 smgbooks.blog.me | **페이스북** www.facebook.com/smgbooks/

ISBN 978-89-263-6620-2 (03830)